美丽阁

周洁茹 著

北京出版集团
北京十月文艺出版社

目录

佐　敦

对于阿珍来说，反倒是现在的生活更好些。以前有点钱的时候，老公是整夜整夜不着家的，现在没钱了，他成日坐在家里，成日成日坐在家里。

就是走在街上远远望见以前一起做生意的朋友，他也会跳进旁边的小路躲闪，真的就像一只兔子一样。他一边跳一边说太丢脸了，阿珍只觉着以前的他才丢脸。

阿珍想过离婚，铁了心地要离婚，可是又怀了老二。第二次铁了心的时候，他的厂又倒了，破产，一无所有。第三次，阿珍对自己说再也没有第四次，他又突然在打散工的公司昏了过去，白车送去医院，抢救回来，却是路都不能走了。

阿珍恨起来的时候是想过要有些不幸降到他身上才好，只是这样的大不幸，太大了。阿珍还没有拿到身份证，不能出去做事。他虽然是倒在公司，也不能算工伤，朋友的公司，本来就只是帮忙，朋友帮他们的忙，做点闲活，拿一份小钱，全是欠人的情，怎么好意思再去伸手。

如今老公瘫了，自己又没有身份证，两个小孩还在上新来港儿童启动课程，结婚七年的积蓄也只够在香港省吃俭用支撑两个月。阿珍不去想未来的事情，确实也没有什么未来，最坏就是去申请综援，总好过回乡下，那就真是一点活路都没有了。

阿珍挪了挪脚下的环保袋，每天送了小孩去过渡学校，阿珍都会在旺角的街市买点菜带回来，旺角的菜便宜。

旁边的香港人已经在打第三个电话了，从九龙中央邮政局到九龙塘又一城，她足足打了三十分钟。他们都说香港人素质高，阿珍可是见过在巴士上剪指甲的香港人，指甲都飞溅开来，阿珍也见过真正穷凶极恶抢一个油麻地到佐敦地铁座位的香港人，奇怪的是，他们并不会真的争吵起来，他们只是互相瞪着，一直一直瞪着，幸好只要三分钟就到站，阿珍不知道时间长了他们的眼白是不是瞪不回来了。

从油麻地到佐敦，阿珍宁愿走路，可以省三元六角，只要省钱，即使从太子走到尖沙咀，阿珍都愿意。

阿珍有时间，阿珍有的就是时间，阿珍没有的只是一张香港身份证，不能在香港工作。格蕾丝睁大了眼，吃惊地说，你竟然没有身份证？你刚刚嫁香港人的吗？

格蕾丝是过渡学校的同学家长，最有钱的那一个，她就不应该来过渡学校。阿珍问过她为什么。格蕾丝说这也是经过深思熟虑的，心一横，放弃深圳的外语学校，提早一个学期过来香港上启动课程，小孩熟悉香港，家长挑选香港学校，全香港的国际学校一个一个找过来，总能找到最好的那一个。

我家大卫英语好，格蕾丝说，没问题的。

阿珍笑笑，阿珍说我等一张单程证已经七年，每天几十个配额，跟那些子女去香港照顾无依靠老人的，无依靠老人去香港投靠子女的争，争到单程证才可以过来香港住，还要七年，才是永久居民。

格蕾丝说单程证是什么样子的。

阿珍说六百五十万港币是什么样子的。

格蕾丝笑笑，格蕾丝说六百五十万之外，还有那些中介费啊手续费啊又是二十万。

格蕾丝，阿珍犹豫了一下，说，格蕾丝。

格蕾丝说嗯？还没有到放学的时间，家长们都站在学校门口，门前的台阶，长长的台阶，全佐敦最长的台阶。

格蕾丝，你要不要燕窝啊？阿珍说，低了头，说，我生了老二人家送的礼，真货来的，从前的东西都是真货来的。

我不吃燕窝的，格蕾丝说。

阿珍说哦，阿珍说那你帮我问问你的朋友们好吧？真货来的。

格蕾丝说好。

放学铃响，格蕾丝第一个冲进去，她的车停在下面，每次接小孩都用跑的，不过格蕾丝运气好，从来没有吃过罚单。

阿珍只看见姐姐，没有看见弟弟。姐姐说弟弟今天留堂，不知道又是哪一科。阿珍叹口气，说，那你先做功课，等等弟弟。

姐姐说好，学校的露天礼堂，雨篷下面，摊开了功课。

所有等留堂小孩的家长，都坐在树下，刚落过雨，好多小咬。阿珍起先不认得这些虫子，比针眼还小的小黑虫，被它咬到却是最大的包，风油精也不怕的，白花油也不怕的，超乎想象的飞行姿势，在你的腿边萦绕，就是拍到它，把它搓成黑泥，那个包还是鼓起来，痒到心里。

坐在树下，阿珍总是面带微笑却是最沉默的那一个。

有人笑成一团，阿珍不知道她们为什么要笑得那么大声。香港当然给你眼泪，香港也给你喜悦，但是为什么要笑过头。

阿芳总是来得最迟，才是傍晚，已经微醺的红脸。

阿珍最担心她，比担心自己还要担心。

弟弟同班同学的家长，总是化浓妆涂大红指甲油戴各种各样帽子的一个家长，阿珍看不出来她是妈妈还是奶奶，真的看不出来，马上就拖了椅子坐到阿芳的旁边。

阿珍注意着她。

阿芳啊，上次说的事情，你想好了没有？妈妈或者奶奶说。

我去！阿芳说，什么时候？现在？

真的呀，妈妈或者奶奶说，你想好了的，今天晚上就行啊。

不去！阿芳？阿珍说，不是说好了等下放了学要去你家做功课的？

妈妈或者奶奶哼了一声。又不是真的做什么，不过跳个舞，喝杯酒，又有小费。

阿芳不去，阿珍说，阿芳家里还有个小的。

喂，又没有什么损失的，妈妈或者奶奶说，都是老头，又没有损失的，白拿钱。

说了阿芳不去。阿珍站起来。

我是好心好不好？妈妈或者奶奶也站起来，七寸厚底高跟鞋，仍然比阿珍矮一头，我就是可怜你们，我就是太好心了，挣点钱，帮衬家里，有什么不对？

阿珍说反正阿芳不去。

就是穷得要死了，也不去，阿珍又说。

我是要死了，阿芳说。脸上的红没有退去，一张嘴，全是白酒的酒气。

一群小孩拥出来，弟弟在最后面，板着脸，不高兴的脸。

阿珍放下了妈妈或者奶奶，也放下了阿芳，迎过去。雨篷下面的姐姐也收拾好了书包，跟过来。

弟弟肚饿不饿啊，吃不吃点心啊，阿珍说。环保袋里拿出来一袋切片面包。

我要吃肉包子，弟弟说。

阿珍一愣，手和面包都僵在半空。

姐姐的手把面包接了过去，弟弟吃面包，一样的。

我要吃肉包子，弟弟说。

下次吃肉包子，姐姐说，妈妈今天买的面包。

我要吃肉包子，弟弟又说。

妈妈或者奶奶，阿芳的眼睛都看过来，阿珍气得都要昏过去了。

弟弟听话，姐姐说，面包也好吃的。姐姐说完，咬了一大口面包，面包皮掉在地上，姐姐立即蹲下身去捡，纸巾包好，走去角落里的垃圾桶扔掉。

以后冉买肉包子，以后，阿珍说，爸爸好起来就买肉包子，情况好起来就买。阿珍竟然开始结巴。

姐姐走过来，手心搭住了阿珍的手背。妈，姐姐说。阿珍合上了嘴巴。一个七岁女孩的手心，搭住了妈妈的手背。

弟弟接过了面包，一言不发，开始吃面包。

阿芳的手臂也攀了过来，潮红的脸，去我家坐坐。

阿芳的家就在佐敦，学校的后面，走过去五分钟，一间劏房，月租三千。

阿芳在等公屋，已经等了五年了。俩公婆，带两个小孩，申请公屋也不是很容易，虽然其中一个小孩有自闭症。

因为这个自闭症小孩，阿芳每天下午都是醉醺醺的。

阿芳喝得醉醺醺，还是要感激政府以后会给的对自己自闭症小孩的关照。

已经在排队了，排到秋天肯定有位置的。阿芳说，都怪我，全都怪我，我就是不肯接受囡囡是自闭症这个现实，我自己问人，问东家问西家，买书看，就是不肯带她去检查，要是早点确诊了，政府才会安排她去特殊学校，都怪我，我太蠢了。

阿珍说不怪你，你也不懂，谁都不懂。

那本书还放在阿芳的床上，摊开了一半，书皮已经翻得残破。

劏房，就是一间屋，十平方米？五平方米？吃喝拉撒都在这几平方米，一张床，上下铺，上铺睡小孩，下铺睡大人，床靠墙的那面，堆着所有的家当。拉一根绳，挂毛巾，挂校服，小孩做功课在床上，全家吃饭也在床上。阿珍想到再过几天，自己也要去住劏房，如果老公继续瘫着，如果情况不会好转。阿珍重新环顾了一下这间劏房，这里是香港，刚睡醒的囡囡坐在床上发出了尖厉的叫声。

阿珍翻环保袋，翻出自己的零钱包，上面画着一颗樱桃，阿珍把画着樱桃的零钱包扔给那个正尖叫的小孩。小孩不再尖叫，零钱包在小小的手心揉搓，喉咙里嘟噜的声音，已经是最好的局面。

这才是刚入房的五分钟，阿珍想到阿芳已经五年，日日夜夜，这样的生活，换了谁都是活不下去的。

小孩把零钱包扔了回来，又是尖厉地叫。

阿芳面带抱歉地弯腰捡零钱包，地上全是鞋子，胶袋，旧玩具，再也插不进去一只脚。阿珍说要不，出去玩一下？

不去了吧，阿芳说，囡囡影响别人。

囡囡要出去玩一下，阿珍坚定地说。

囡囡翻身下了床，挪到铁门的外面，来回摇晃那扇门，门发出比她的声音更尖细的声音。隔壁邻居把头伸了出来，阿芳忙不迭地奔到门口说没意思没意思。湖南口音的广东话不好意思，总是说成没意思。

阿芳把囡囡用力地按进儿童车，囡囡更用力地叫。

弟弟已经按下了电梯的下行键，弟弟和姐姐一直等在走廊里，姐姐带着弟弟，安静地等待。弟弟和阿芳家的老大，同班同学，也没有一句话，连打闹都没有，同班了三个多月，仍然像大街上的陌生人。

阿珍有时候会去想，就是大街上的不认识的小孩，一个游乐场里玩几分钟，也会成为朋友的吧，这两个六岁儿童，冷漠得可怕。

弟弟昨天早上又提出来要电脑，大卫就有电脑，阿芳家的这个老大，对自己的自闭症妹妹也当是看不见的，不存在的存在，眼神都没有一个。两个六岁男孩的世界。

等待电梯的时间，漫长得像是没有尽头。好像过渡学校门前的台阶，整个佐敦最漫长的台阶。

早晨六点出门，荃湾到九龙塘，九龙塘到太子，太子到佐敦，走过长长的、大蟑螂尸体横陈的街道。姐姐的蓝裙子，弟弟的白衬衫，黑皮鞋，还有沉重的书包。孩子们跨上台阶，跟阿珍说再见。那是全佐敦最长的阶梯了吧！每天去完医院，安抚完不能动于是控制不了情绪的老公，听医生讲完一堆云里雾里的康复治疗，再带着一包落市的旺角青菜接孩子们放学的时候，那就是全佐敦最长最长的阶梯。

可是，学校的校工也站在那一段台阶上跟阿珍讲过，你不要那么担忧，新移民也可以很争气的，我的崽也是这么大才来香港，可是，他考入了香港大学！

正在扫台阶的校工把阿珍拦在了台阶上，一定是阿珍的脸太灰暗了，一定是阿珍整个人都像要死过去了。校工讲我家也是新移民我的崽考入了香港大学的时候，阿珍从来没有见过那么好看的一张脸，整张脸都闪闪发光的。

那个时候格蕾丝也是崩溃的，格蕾丝总是半夜打电话给阿珍，格蕾丝的半夜总是崩溃的，格蕾丝在电话里反反复复地问，我们选这个学校是错的吧我们耽误孩子了吧整整一个学期啊都浪费了吧我们以后会后悔的吧。

阿珍安慰格蕾丝她也想过对错的问题，她也想过对不对得起孩子，她也后悔过，这是真的。

我就应该直接去国际学校。格蕾丝的最后一句总是这么结束的，这几个月，就当是过渡了。

就是过渡。阿珍说，小孩要适应香港，大人也要适应香港。

没有什么是会被浪费的，阿珍对自己说，佐敦的路，漫长的台阶，没有什么是会被浪费的。

格蕾丝说好多谢谢，格蕾丝说阿珍你最好了。可是格蕾丝说，我不吃燕窝的。

等得漫长的老电梯，终于开了门，电梯往下落，吱吱呀呀，阿芳家的囡囡，持续尖叫的声音。

出去玩，其实不过是街心公园的一个小游乐场，一座滑梯，一段单杠，秋千都没有。囡囡已经很兴奋，滑滑梯，重复地滑滑梯，一直，一直，一直地滑。

阿芳说我老公说的，阿芳啊不是我不爱你了，只是我的眼睛望着你这七年，从拍拖开始，结婚，生了儿子，生了女儿，年轻小姑娘到了现在，唠叨个不停的师奶，我的头都要炸了，阿珍啊我老公讲我是师奶啊我才二十六岁。

阿珍平静地说，你就是师奶啊，我们全都是师奶。小黑虫围绕着师奶们的小腿，又像针尖，一针一针刺下去。

阿芳说我老公说的什么都下垂了，脸下垂了，波下垂了，肚下垂了，一个快要垂到大街上的七年的老婆，我是真的一点兴趣都没有了啊。

阿珍望着阿芳的脸，那张脸年轻的时候一定也是很好看的，可是找了这么一个老公，那个老公会说出来，一点兴趣都没有了。

阿芳说我老公不是不爱我了，他说爱情变成亲情了，囡囡又是这个样子，家他还是顾的。

阿珍抬头望了望天，看不出颜色的天，香港的天，就比乡下的蓝吗？阿珍看不出来。

阿珍说阿芳你看我包里的青菜都要坏了。

阿芳说本来就是落市的菜，老了的菜，黄了的菜，还能坏到哪儿去。

阿珍说是啊不能再坏了，我要走了。

阿芳说所以我天天饮醉，不用面对这个现实，一个地盘做工头的老公，月入两万，老婆孩子住蒯房，他自己倒在深圳包二奶，五千块就够了哦，一个二奶才五千哦，他都可以包两个呢，你看这个男人，他讲也不是外面的女人比我多好看，就是如果跟我站在一块儿，那个感觉，跟年轻小姑娘的感觉，就是不一样的。

弟弟说妈妈我要回家。回家吧妈妈，姐姐也说。

阿珍又望了望天，天的颜色仍然很淡，看不出来时间，阿珍站起来说，我走了阿芳，你保重，别喝酒了，至少今天不喝了。

阿芳也站了起来，自闭小孩不停歇的尖叫声中，阿芳说阿珍再见啊，我查出来得了癌，肝癌。

阿珍也不知道肝癌是这么快的，也不过两个星期，就再也见不到阿芳了。

一个乡下过来帮忙的姨婆，每天接送阿芳家的老大，接了就走，一句多的话都没有。阿芳家的小的，阿珍再也没有见过。

偏偏又是阿珍最忙的时候，每天要跟医生谈，手术的必不必要，手术后的一切可能性。最坏就是永远站不起来了。老公说，现在还不是站不起来？

是哦。阿珍说，还能坏到哪儿去？

做手术！老公说，搏一搏。

签了字，排期的日子，阿珍反倒踏实了。还能坏到哪儿去呢？阿珍对自己说，再坏也坏不到哪儿去了。

老公瘫在床上，情绪不好，声线却细了，全家也安稳了。以前有钱有厂的时候，老公的声音都是粗的，骂起来第一句总是你吃我的用我的，靠的我来香港。阿珍听了千遍万遍，早已经找到用麻木来反抗，就当是听不见。

老公在外边有人，但是死都不承认，跟阿芳老公不一样，他一句话都没有，阿珍洗衣服掏到裤袋里只有一个电话的名片，他只说是腰背痛按摩的技师，就是被阿珍捉牢包内层里的神仙水套装，他也咬紧牙关只说是替别人带的。阿珍没有用过什么水，但是阿珍也不是什么都不知道的，天天早上被港铁广告洗眼睛，女艺人吹弹可破的雪白肌肤，靠的可不就是这水那水。黄金水宝石水，也不过是个水，阿珍要有这买水的钱，就给小的多报一堂英文班了。香港一年级的英文，阿珍已经跟得吃力，本来以为自己初中里也是学过的，课本拿过来，真的是一个字都不认识，前前后后翻一遍，还是一个字不认得。若不是姐姐懂事辅导弟弟，阿珍就真的要从家用里抠出来弟弟补习的钱。

老公给家用甩出来的钱，都是数了两遍的，要从那点家用里再抠出一百文都是不可能。阿珍总是听讲别的师奶炒股票炒楼，挣了大钱，坐在家里，老公小孩都尊敬她，自己的钱找用人，印尼用人菲律宾用人都不要，就要在新加坡做过的台湾做过的会烧中国菜还会普通话的大学生，还找两个，财大就是气粗。

省吃俭用牙缝里抠有什么意思，钱不是省出来的钱是挣出来的，别的师奶说。阿珍听了动心，可是炒什么都要本钱，老公张口就来，凭你？你懂什么？吃我的用我的。

不要本钱的，去教普通话啊，去卖保险啊。别的师奶说，考个证就是太容易了，等到证拿到手，你的身份证也来了，你就可以去上工挣钱啦，去实现你的个人价值。

阿珍苦笑，自己的普通话说成广东话，广东话说成普通话，怎么还去教香港人小孩，误人子弟。别的师奶说，怕什么啦，就是你普通话说成印度话，也是香港人的需求，将来的社会是什么社会，将来的社会是普通话的社会，这是趋势，上层阶级、专业人士，英文之外，都要普通话，趋势你懂伐？趋势。阿珍连连点头，趋势。

卖保险的钱更多更快，时间也自由。别的师奶说，现在就可以去卖，都不要身份证的。阿珍说我嘴巴笨，说句话都说不好，怎么跟客户交流，我又是一个香港人都不认得的，我老公从来不跟自己家的亲戚来往。别的师奶说，傻猪来的，香港还有什么客户，都是内地客啊，你要返内地找的啊，你乡下的亲戚朋友，初中同学，全是隐形客户。

阿珍只是微笑着摇头，别的师奶讲的话，全是神话。落到自己的现实，结婚时候的金银器都已经典当了的，珍藏了几年的燕窝终于也找到了买家，买家的话是难听的，蠢成这样？燕窝这种东西能放这么长时间的？阿珍的脸白一阵青一阵，阿珍是真的不懂，阿珍也没有吃过燕窝，就是以前老公有个小厂的时候，也没有吃过。阿珍只知道燕窝是好东西，阿珍一直以为，好东西就是可以一直放下去的。

帮忙找买家的陈姑娘在旁边连连地说好话，李太就是我们社区出名的好做善事，仁人仁心，也不是真指着这点燕窝来吃。

李太说，做善事呢，是不求回报的，但是陈姑娘你心里头也清楚的，陈货，真的是白送谁谁都是不要的。

陈姑娘说就是就是，李太就是心善。

阿珍埋着头，咬着嘴唇，当第一只金戒指的时候很慌张，手抖得票据都拿不稳当，第二只第三只，阿珍已经熟门熟路，心里面也真的没有想什么，什么都没有想。

陈姑娘不是学校的社工姑娘，学校社工只管学生，学生的情绪失常，家庭支援。陈姑娘是在旺角的街市认得的，行社中心摆摊——新来港人士课程，进阶广东话，基础英语，收银，家务助理，保健按摩，仓颉输入法。阿珍拎着一袋菜心，停在陈姑娘的摊位游戏前面，奖品是一支原子笔，印了中心地址电话的原子笔。

陈姑娘热情地迎了上来，热情的广东普通话，邀请阿珍有空没空都要去中心坐一坐，接触接触其他的新来港妇女，真正融入香港社会，成为新香港人。

刚刚做社工不到一年的陈姑娘，热情得像一朵金花。中心里另一位黄姑娘，平淡得多，做久了的社工，都是平淡的。有时候送完孩子们，阿珍真的走过去中心，油麻地、旺角和佐敦的中间，界限都不是很分明的。陈姑娘不在，跟进哪个案，去了哪里。黄姑娘说，坐一下先呢。没有错的句子，听来却很难堪。阿珍跟中心的姑娘们讲过现时的困境，可不可以申请政府的基金？阿珍从报上看到有个及时雨基金会的，阿珍寄希望于这个支援，撑多两个月也好。黄姑娘是资深社工，申请的流程，都要跟黄姑娘谈。黄姑娘站起来，往后边的房间走，阿珍跟着她，都往后边走。走廊里一排叠起来的胶椅，靠着墙角，很旧了的胶椅。

黄姑娘摸出一串钥匙，开了门，走廊尽头的储藏室，竟然也好大一间。扑面而来，陈了的、有点发蒙的气味，倒跟阿珍放到陈年的燕窝气味一样。

需要什么就拿什么，黄姑娘和气地说。阿珍看到好多旧衣服，一袋又一袋，架子上是罐头，过年节的包装，每一样都排得整整齐齐。

阿珍转头看了黄姑娘一眼，黄姑娘鼓励地回了阿珍一眼，拿吧拿吧。

阿珍说我不需要这个，阿珍说我不需要。

黄姑娘瞪大了眼睛，阿珍看不出来她的表情，阿珍看不出来。

黄姑娘锁门的动作很轻很慢。都是善心人捐来的，黄姑娘说，有人需要。

阿珍不知道说什么好。阿珍只好说，我不是申请综援，我马上就拿到身份证了，我就去工作。

黄姑娘不说话，脸色也很平淡。

我已经报了中心的初级收银员班，阿珍又说。

黄姑娘说哦。

阿珍等到中午，陈姑娘没有回来，大概是在外头吃饭了。楼下教室有集体舞妇女恒常班，象征性的，五块钱学费，阿珍不去，倒不是学费，也不是没有时间，怀旧金曲，彩环太极剑，这些班，都跟阿珍没有关系的。对于阿珍来说，去工作，就是融入香港社会。

阿珍原本是要跟姑娘说说话的，可是没有说出来的话，就说不出来了。最坏也不能拿综援。阿珍对自己说，香港人会说你对香港没有贡献，倒要过来用我们香港的福利，一辈子顶着这个名，抬不起头。

阿珍就想到了阿芳，阿珍想如果我能劝住阿芳，叫她不饮酒，阿芳就不会得肝病，阿芳不得肝病，就不会这么早死，阿芳不死，阿芳的孩子们也不会小小年纪没有了妈，没了妈的小孩，全世界最可怜。倒是阿芳过世第二个月，公屋的申请就下来了，还是新起的公屋，什么都是崭新的，阿芳家的小的，也排到一间特殊幼儿中心，每天还有中心的车接送，大的，更是好命地派到了区里最好的小学。阿芳家的乡下姨婆跟社工姑娘说这些话的时候，阿珍远远地站在旁边，说不出来一句话。阿珍替过了世的阿芳高兴，心里又难过，新的公屋，阿芳没有住过一天，老大的好小学，阿芳没有看到一眼，老二的特殊教育，阿芳也没有亲见，只是预知了的会给安排好。只是所有的好起来的日子，阿芳都没有享受到。于是阿珍知道，活着的人，要活下去。

忙的日子总是飞快的，到了秋天，老公做了手术，竟然神奇地站了起来，加上理疗，还可以走动几步了。阿珍只以为公院的排队都是要排几年的，阿珍也做了狠吃几年苦的准备，拿到身份证就找了两份工。一份在荃湾，小时工，但是离家近，还有孩子要照应，下了荃湾的工再赶去佐敦做第二份。其实孩子们已经不在佐敦上学了，过渡学校也已经改了名，搬去了九龙城，阿珍找这份佐敦的工，一是近着尖沙咀，到底人工高些，再是阿珍竟是这么熟佐敦的，一个学期，小半年，来来回回地在佐敦的街头奔走，大店小店的开业结业，早晨派头条日报的阿姐站的位置，再也没有比她更熟的了。头条日报，阿珍总是要拿两份，荃湾上车的时候拿一份，出佐敦站的口再拿一份，阿珍也不看，报纸拿在手里，出站左转，第三个路口，离学校台阶还有十米的街沿，坐着一个整理纸皮的老太太，阿珍小心地把两份报纸放在那堆纸皮的上面，老太太总是要抬起头说多谢，可是阿珍实际上也给不到她什么，阿珍总是快步走掉。

孩子们政府派位去了传统学校，过渡学校也搬掉了以后，阿珍不再需要在佐敦站出站左转，有一个傍晚，阿珍上工的路，走了神，出站，左转，第三个路口，老太太还坐在那里，双手捧着一个胶碗，盛的好像粥，黑胶袋包住胶碗，一口粥，一口咬不动的渣，吐落胶袋。阿珍走过去，一张二十元，小心地放在那堆纸皮的上面。老太太抬头望了那张二十元一眼，又低了头，继续吃粥，胶袋包住的粥，老太太没有说一个字。阿珍快步走掉，阿珍也没有勇气再往前走几米，再去望一眼那段台阶，走了半年的，整个佐敦最长的台阶。那段台阶上面，格蕾丝说过我不吃燕窝，那段台阶上面，过渡学校的校工对阿珍说，不要担忧，新移民的崽也考得入香港大学。

阿珍再也没有见过那段台阶。可是阿珍记得那个傍晚，渡船街，上工的中西药房，刚打了卡，接到医院的通知，说是排到期，下周就可以手术，阿珍的眼泪才落了下来。

婚　飞

1 阿珍

阿珍出了石门站，灯下无数飞蚁飞舞，密密麻麻。阿珍的头皮也麻了。

以前也见到过，但没有似现在这般，简直是一整窝的虫，全部飞出来跳舞。

阿珍屏住呼吸，从飞蚁中穿过，站到一家日本拉面店的门口。旁边是一家清汤腩，阿珍更愿意吃牛腩粉，但是女儿是爱吃拉面的，如果女儿要吃拉面，那就吃拉面。这么想着，看见了女儿，从学校那边走过来，白色校服裙，不紧不慢穿过了那丛虫。

那就拉面吧。女儿不紧不慢地说，拉开拉面店的店门，走了进去。

阿珍跟在后面。

汤底，适中。

硬度，适中。

走葱，走木耳，走油。

阿珍选好了。对于阿珍来讲，适中最稳妥，不会出错。

女儿选的淡口软面。面端上来，仍然嫌汤浓，吃了一口不肯再吃。阿珍吃了自己那碗，再把女儿那碗拉到面前。是浓，面也偏硬，一口果真饱了。但是一碗面七十四元，不吃难道剩下吗？木着脸吃，女儿在对面不高兴地说，不好吃，我以后再不要来这里吃。

阿珍忍住了，埋头吃面。

女儿还有三个月就要离开香港，升学英国。与女儿相处的时间，一天比一天少。

2吃饭

你女儿去了英国，你老公就要把房子退掉，搬到学校的单身宿舍去？阿May眼睛瞪得好大。

是呢，阿珍面色冷淡，说，不就是这样。

你呢？

他叫我回内地去，阿珍说。

为什么啊？莉莉说。

省钱，阿珍说，住在这儿一个月三万，住到宿舍才几千。

都已经住了七八年，怎么还回得去？莉莉说。

是啊，阿May说，这些年的朋友也都在香港。

你老公是不是要看心理医生啊？莉莉突然说。

阿珍大笑起来。其实也不知道自己怎么还笑得出来的。别人都当是开玩笑，落到自己这个当事人。不笑，难道哭吗？

吃菜吃菜，阿珍说，聚一次少一次。

我可一口都吃不下去，阿May说。

你还这么跑出来吃饭你老公知道吗？莉莉盯着问，他不是一直管得很严吗？还给你钱让你出来吃饭？

莉莉很多时候很讨人厌就是这个原因，从来都不说恰当的话，记性还很好，什么都记得。

是啊，还剪过你的信用卡不是？阿May附和。阿May的记性一直不是很好，但是剪信用卡这种事倒替阿珍记了七年，有时候阿珍自己都忘了。

阿珍选择没听见。

吃菜吃菜，阿珍说。

3 阿May

这是我最后的底线！阿May老公吼，要是再抓不好孩子的学习，你就滚！

阿May说我怎么不抓孩子学习了，我从怀孕就辞了工，一心一意照顾家里。

照顾个屁！成绩差成这样，这是犯罪！老公大吼，孩子的一生都毁在你手里！

阿May的眼泪滚下来。

女儿的眼泪也滚下来。女儿说，我也要去英国升学。

不许！更怒气地吼，去英国干吗？就在香港！

女儿的眼泪流得悄无声息，跟阿May一模一样。

要是儿子也这么不成器，你就去死！老公吼完，去上班了。

儿子的成绩还好，今次小测。阿May不知道下一次会怎么样，每天都走在刀尖上。

4 莉莉

莉莉老公没有剪过莉莉信用卡，也没有要求莉莉去工作。

但是莉莉不开心。

莉莉说是不是上天给了你一个那样的父亲，就给一个好老公来补偿一下？

这个可以补的吗？阿May说。我找了那样的老公，是因为我父亲太好了？

其实你爸也没怎么嘛。阿珍说，而且要一起过日子的是老公，又不是父母。

不开心啊。莉莉说，我怎么想都想不明白，哪有父母会一天到晚防备自己的子女的？

其实挺多的。阿珍说，那一代人都没有安全感，钱是用来防身的。

我们这一代人的老公倒是会一天到晚防备自己的老婆的，阿May突然说。

莉莉笑。阿珍笑不出来。

5 阿珍的工作

阿珍找了一份散工，当然是没让老公知道。

老公上班女儿上学以后，阿珍去上工。

说来也是简单，阿珍原是客人，吃着吃着，突然就去问，你们招人吗？

招啊，店里的人说。阿珍就成了员工。

一间云贵米线店，除了老板，全是讲普通话的新移民。其实老板也是新移民，早来了二十年，广东话说得一点乡音都没有。老板奋斗成为了老板。

每天中午十二点到下午五点，店里最忙的时候，阿珍就是这个时段的散工。企台打杂，样样做。放工回家五点半，只要六点半晚饭准时端上桌，女儿和老公都不用知道，阿珍的下午会在哪里，做了什么。

6 阿珍和阿May

阿May为什么会去米线店？阿May自己也不知道。她只是路过，她其实是不吃米线的，也不吃辣。但是阿May路过米线店，阿May也不知道是怎么回事，就进去了。

下午两点，算午餐太晚，算下午茶又太早。阿May也不太饿。

鱼腐，少米，走韭菜芽菜，热柠水。阿May望着菜牌，没抬头。

什么汤底？麻辣？酸辣？

阿May抬了头，阿珍正冲她笑。

你怎么在这里？阿May惊讶。

打工啊，阿珍耸耸肩，这间离家近，方便。

老公女儿知道吗？阿May说。

不知道，阿珍坦然，也没必要让他们知道。

对对对，阿May点头，莉莉知道吗？

跟她提过，阿珍说，还叫她有空过来帮衬。

也正想跟你说，阿珍补充了一句。

阿May连连点头。

知道你不吃辣，我跟厨房讲给你不走辣。阿珍低声说。

小小辣也可以的，阿May说。

没事，我跟厨房讲，阿珍说，没事的。

阿May望着阿珍的背，五味杂陈。

柠水很快端来，阿珍端来的。阿May不自在，又不能站起来，只好两手接过。

米线也很快端来，也是阿珍。另外两个服务员，远远站着。

就三个人？阿May问。

白班，阿珍答，晚班会多一个人。

哦，阿May说。

你吃你吃，我去后面帮忙，阿珍说。

还要去后面？

洗碗，阿珍说，我新来的，做多点好。

阿May这碗米线吃得横竖不自在，阿May不确定莉莉会不会真的来。

柠水喝了一口，阿珍来了。

没事没事，阿珍说，没其他客人，可以聊会儿。

还好吧？阿May说。看了看那两个服务员，她们还是远远站着，不说什么，脸上也没有表情。

同事和老板都待我很好，阿珍说，跟同事闲聊说到一些状况，同事马上去跟老板求情，老板马上加了人工。

那太好了，阿May说。话是这么说，总觉得哪里都不对。

老板也跟我讲，要没地方住，可以住公司宿舍的。

你不会真去住吧？阿May说。

我去看过，还不错，阿珍说。

阿May说不出来话。

就在店后边的村里，村屋，阿珍说，同事们都住一起也挺好，互相照应。

阿May埋头喝柠水，太酸了，阿珍肯定放多了柠檬，都快要酸出眼泪了。

7 莉莉的父亲

莉莉见过阿珍的老公也见过阿May的老公，两位专业人士，看起来非常正常，看起来。

如果不是亲见阿May被老公训斥。一起爬了一次山，阿May至少被斥责了一百遍。阿May的两个孩子当是惯常了的，脸上的表情都没起变化。

再接到阿珍的电话说她在米线店做了，叫她有空多多帮衬。阿珍的声音听来高高兴兴，莉莉高兴不起来。按说师奶还找得到工作该是祝贺，这个米线店的服务员，莉莉祝贺不起来。

阿珍的老公是博士，阿珍也是博士，又不是二十年前了，内地的学位不被承认，阿珍要找个像样一点的工作不是完全没可能。但是阿珍找了一个零工，还是米线店的，就算是711的收银员都没有这么难听吧？当然莉莉不是要用学位来分类工作，卖保险卖得最好的也不是学位最高的那一个，但是阿珍就算是去卖保险，莉莉都会觉得一切没有那么糟。阿珍去做了一个米线店的服务员，没有比这更糟糕的事情了。

莉莉想不通。

莉莉有一阵子天天想不通，父亲把钱都藏起来的那个时候。

莉莉想不通，就去问阿珍和阿May。如果你结婚搬来香港住前卖掉了内地的房子，你把卖房子的钱交给父母，请他们保管，等孩子上大学的时候再拿出来，这样做，做得对不对。

你家有几个孩子？阿May问。

就我一个，莉莉答。

那就没问题了，阿May说，完全没有问题。

多少钱？阿珍问。

也没多少钱，莉莉说，那时候房子不值钱。

要晚一点卖就好了，阿珍说。

那时候也急等现金，香港这边的房子交首期，莉莉说。

也没用到那笔钱啊，阿May说，听你说过，首期你老公出的。

莉莉点头，其实结婚的时候我是这么想的，一人一半，俩公婆共同负担。

你老公付了首付，房产证还是写了两个人的名字，阿May说。

莉莉不知道说什么好。莉莉知道阿May的老公坚决不肯在房产证上加上阿May的名字。

我挣的钱就是我挣的。阿May的老公说，你说凭什么要写老婆的名字。

你们都来评评理，阿May的老公说，这世道真的都没公理了。

阿May又不上班，又不挣钱，吃的花的全是我的钱。阿May的老公又说，这些年我都没有问她要过房租，算是情至义尽了吧，怎么还有脸提出在我的房产证上加名字？

莉莉赶紧往前追了几步，赶上了最前面的阿珍，这种话，莉莉回应不了，也不想回应。

阿May在最后面，背着最大桶的水，快也快不起来。阿May老公讲出来的话，阿May还是不要听见好，就算是听见了，对于阿May来讲也像是没听见。什么都没有发生，阿May的脸色都不会变，孩子也一样，都像是听得熟了，习惯了。

父亲把卖房子的钱又买了一套房子，这个事情莉莉是不知道的，新房的产权人写的父亲的名字。

莉莉知道的时候父亲已经把新房子又卖了。应该是赚了一点钱。赚了多少？莉莉不知道。

莉莉婉转地问父母要钱，阿珍女儿已办好了手续，要去英国，自己孩子也要开始准备了。

父亲说，就算给也只给当年的那个数字，后面又买房又卖房挣的钱不算是你的，是我自己挣的。

莉莉这才知道后面还有新的买房和新的卖房，这后面的事，莉莉觉得确实跟自己也没什么关系。

是的是你的，莉莉说，你挣的，我们不要，我们只要当年卖房的那笔钱。

那笔钱父亲也没有拿出来。隔了好多天，父亲再也不提了，当是全然忘记了。

莉莉不好意思再去提。那套内地的房，是莉莉上班以后买的，莉莉曾经是个工作狂，天天加班，省吃俭用日日夜夜工作十年，买下的那套房。

莉莉想不通，去跟老公讲。

老公说算啦算啦，别想了再想要把自己想神经的，也别跟孩子讲，影响孩子跟外公外婆的关系。升学的钱，总有办法的，老公说。

莉莉只好不想了，但是莉莉不开心。

上天给了一个那样的父亲，只好给一个好老公来补偿一下。莉莉想，可是阿May和阿珍的老公，真的是因为她们的父亲太好了？

一起过日子的是老公，不是父亲。阿珍是这么说的。

所以莉莉觉得自己还是比别人幸运一点的，又不免为阿珍和阿May担忧，一天到晚防备自己老婆的老公，上天的算式，凡人不能够理解。

8 莉莉的工作

一切都是从一个人牵着两只狗进入电梯开始的。

电梯门开，莉莉看到那两只狗的同时拿出手机看了一下，七点二十五分。她要搭的是七点三十五分的巴士。她就跨过了那两只已经进入电梯间的狗，跨出了电梯。她感觉到所有留在电梯间里的人都看了她无数眼，也包括那两只狗。

电梯门关上，七点二十七分。

电梯落到底楼又升到顶楼又缓缓落下，来到了这一层，门开了，仍然是一电梯间的不高兴的上班脸。七点三十分。

莉莉用余光扫了一遍这层住户的三个门垫，其中一个门垫上印着一只狗的脸。莉莉几乎可以断定，就是那家！那家人早高峰时间出来遛狗，对别人有没有影响她不知道，她只知道对她产生了影响。

电梯落到底楼，莉莉气鼓鼓走向大门。七点三十三分。

已经没有巴士可搭了。一天两班特快，上一班是七点二十，再错过这班，就是铁定的迟到。迟到十分钟扣二十块钱，迟到二十分钟扣五十块钱。她没有试过迟到二十分钟以上，再迟会扣多少，她不知道。

为什么会遇到今天这种状况？因为洗衣服。一般情况下，六点起床，六点十分，衣领喷上了预洁剂，再加一个洗衣球，放入洗衣机，棉麻混洗四十八分钟，重启，再加一次特快清水机洗十五分钟，晾到阳台上。

换好衣服出门，七点二十分。

至于今天为什么产生了七点二十五分？因为第一次洗完，没有马上奔去洗衣机调下面那挡特快洗。为什么没有马上？因为接了一个电话，儿子的电话，说早上出门没带钱，让莉莉回公司后给他打点钱，放了学去柜机取钱，要跟同学吃晚饭。

莉莉多问了一句，为什么要跟同学吃晚饭？这么不安全的晚上。

儿子说他保证会安全的。

莉莉声音大起来，你能保证什么？你还能保证香港的安全？

儿子的声音比她还大：你根本就不了解香港！

儿子挂了电话。她发了一下呆，就没赶上洗衣机。没赶上洗衣服，洗好衣服就迟了五分钟，已经迟了五分钟，晾衣服也迟了五分钟。

莉莉没有赶上巴士。莉莉辞了工。说起来是因为两只早上散步的狗？到底什么原因？莉莉自己都不清楚。

莉莉老公不要求莉莉工作。压力太大就不要做了。莉莉老公是这么说的，有我呢。

阿珍阿May都说还是香港老公好。莉莉笑笑，也不是每个香港老公都好，再好的老公都有外人看不到的问题，人无完人，家家有本难念的经。

莉莉老公上班下班，回家就打游戏，别说是辅导一下功课，儿子几年级了，莉莉老公肯定也是答不出来的。除了打游戏，莉莉老公什么都不干，什么地方都不去，有时候什么饭都不吃，就是打游戏，打游戏加上打游戏，如果周末不上班，就打到周一上班。

除了打游戏，也没有别的了。如果莉莉父亲不拿钱出来，他会讲，算了算了。如果莉莉想不通快要想出神经病，他会讲，没事总有办法的。如果莉莉辞工，他会讲，那就别上班了，有我呢。

这样也够了。莉莉做了全职主妇，做饭，洗衣服，带孩子，再也不会为了狗迟到。

人无完人，家家有经。

美丽阁

老公去世快要一年了。阿美不大想老公，要不是客人突然提起。

客人为什么突然提起？阿美也有点想不起来了。

只记得客人结结巴巴地说很抱歉。

阿美的面色很淡，说，我也不大想起他。

客人赶忙拎了包离开，说还要去隔离的街市买菜，回家煮饭。

阿美是饼店的收银员，屋邨饼店，做的街坊生意，与街坊们都相熟，街坊来买包点，有时候就说几句。

阿美不用赶回去煮饭，儿子大了，不用料理。阿美自己，有时候煮个木薯，也当是一餐。

只吃木薯，仍旧是一天天地，越来越胖。身形是怎么胖起来的，阿美自己都不清楚。老公还在世的时候，自己是不胖的。

也是圣诞节，那天全家还去吃了酒店的自助餐。回来以后老公就说不舒服，阿美说看医生。老公说没事的，躺一躺。这一躺，就一直躺在医院里了。

也不过一年，那一年，医院里的一年，阿美也有点想不起来了。第一次查就已经晚期，化疗，扩散，再化疗，阿美到现在都没弄明白。

阿美只记得圣诞节，商场又布置了圣诞树，到处花花绿绿，可是老公说化疗太苦了，不化了。阿美说，都要化的，不化怎么办呢。老公说难受啊。阿美说那我给你揉一揉胸口吧。揉着胸口，老公就走了。

所以阿美什么都忘了，就记着这一段，老公说难受啊，阿美给他揉一揉，然后老公就走了。老公的表情有没有很痛苦？老公还有什么割舍不下？阿美全忘了。

老公在的时候，家里家外都是老公在管，懵懵懂懂的阿美，连结婚那一天都是懵懵懂懂的。

懵懂的阿美，也不知怎的找上了这个香港的老公，同乡们都羡慕阿美，样貌最差，话最少，人最木，偏就找着了最安稳的后半生。阿美懵懂地想过，要么就是自己的木，自己的话少，让老公看上了自己。老公话也不多，但是要那么多话做什么，一起过日子，要不了那么多的话。

儿子出生，长大，刚开始念港专，老公就走了，老公走了，阿美只能出来工作，若不是老公留了间屋，够母子度日，这后半生，真算不得安稳。

阿美在饼店，仍旧话最少，什么八卦话八卦事，阿美都是不参与的，听是听了，当是没听见。可是话多的街坊，阿美也没有办法。有一位，每日快落市的时候就来，要两件葡挞，开始跟阿美讲事情。

阿美啊，昨晚我同乡说约饭，我就先去取款机取现金，一起吃饭嘛你知道的，分账单时候要用现金的嘛。大家都是第一次见面啊，一个男同乡，一个女同乡，聊得那个开心，当我是灯泡啊？也不知道约我干吗，就他俩约好了。吃好饭，竟然还同我讲，他们两个人想找个地方走一走。我只好说好啊好啊你们去走走。阿美我同你讲，这种饭，我为什么要去吃？我也不知道啊，同乡嘛，我就去了啊。第一次见面就走一走哦？不过也不关我事。这时候我才想起来取款机，卡拿了，钱没有拿，两千块啊！他俩还问我，哪个地方可以走一走？

阿美从收银台走出来，饼店门口的葡挞柜台旁边，拿了胶袋，夹一件挞，轻敲一下，挞从挞模里脱出来，放入纸托。

客人也跟过来。阿美啊我同你讲，今天早上还有个人在微信里问我，急事，可不可以借我二十块钱？我一看头像，根本不熟嘛，但是顺手发了过去。过了一会儿，他倒退款了，还说，爱上你了，我那么多哥们姐们都不借我，只有你这个陌生人，一句话没问，马上给我。我就是爱上你了。

阿美夹了第二件挞，放入纸托，一张薄纸板垫住胶袋底，两件一起放入胶袋，递给了客人。

莫名其妙哦，客人说，莫名其妙的爱。

二十块？阿美忍不住问。

客人拎了葡挞离开了。

另个客人总是要一件奶油猪，烘热。

等烘的时候问阿美，阿美你以前是做什么的？

阿美说以前不做什么，就是在家。

客人说是吗，要出来做的嘛，自己挣私房钱，自己挣的就是自己的，千万不要算到家用里都用光了。

阿美笑笑。

客人说老公给家用时候的脸可难看了。

阿美转头看了一眼烘炉，取出了奶油猪，包好，递给了客人。微热。客人也没说什么。过了几日，老板在炉上面贴了张告示：待维修，烘底切件取消。

若只是炉坏了，切件为何也写上？阿美看着这一句，是不通的，但也只是看看。店里的同事都说老板肯定是要叫谁走，人工日日涨的，吃不消。

阿美也只是听听。若是要叫自己走，那就走。

还有位客人，要一件三角朱拎走，拎了也不走，开始向阿美推荐连续剧，虾米沉沉静静双。阿美说啥？虾米啥的有一双？客人宽容地笑，香蜜，香香的花蜜。阿美说哦。烬如霜，烬如霜！客人把手机伸到阿美鼻子下面，阿美看了一眼，阿美还是不懂。阿美笑了一笑，说，武打片啊。

什么武打片嘛，客人不高兴了。

我不懂的，阿美赶紧说，我什么都没看过。

阿美没空看，阿美的空，有时候再翻一翻乡下带过来的几本书，有一本《白鹿原》，阿美看了好多好多遍，阿美为书里人的命运感叹，自己的命，阿美不大想，除了老公患癌病突然走了，都算是平平淡淡，也没有什么好感叹，不大去想，也是因为不大空。更多的时候，阿美都是没有空的，阿美整日做些什么，阿美自己都说不上来，只是整日都好忙，干不完的活。

那些空的女人，好像都集中在了这一个屋邨，美丽阁。

三角朱客人，听讲是有好几层楼放租，从来就没有上过班，有个女儿，也三十大几了，都不要找老公的。母女不做事，就吃那几层楼。隔离的美容院，五万块的套票买两套。美容院清洁的阿姐多话，讲出来那对母女，每天早上十点钟就去美容院做减肥，做到十二点，出来吃了饭，又回美容院做脸做头。VIP房就是她们的。多话阿姐说，里面还有个贝壳大按摩浴缸，别的单间可没有。

这么有钱的客人，只帮衬一件三角朱。不是阿美想的事。要是她们乐意的话，整间饼店都买得下来吧？可是她们要一间饼店做什么呢？吃多了三角朱，还不是要减肥。

奶油猪客人也是不上班的，有时候用人跟着她，有时候不跟，跟着的话，奶油猪客人就不要奶油猪了，要一件法包，用人拖着买菜车，再抱一根长法包，奶油猪客人走在前面，还是神气的，男人给家用的脸色，都不要紧了。

阿美也不上班地过了十八年，但是从来没有过用人，用不到，那些个活，即使是儿子刚出生，幼稚园，小学，阿美也是干得过来的，也不全是自己多能干，四千块也是钱，屋也小，再多个菲佣，只能睡客厅，何必。老公也顾家，一下班就回家，帮手做事，有时候要加班，回了家阿美饭都煮好了，老公就洗碗。煮饭的不洗碗，洗碗的不煮饭，老公说这句话的时候还是笑嘻嘻的。可是老公走了，阿美一个人煮饭，一个人洗碗，突然就觉得好辛苦，心里面，好辛苦。儿子升了中，老公升了职加了人工，有一天就跟阿美讲，家里也可以请个工人了，老婆不用那么辛苦。阿美讲，辛苦什么？孩子小的时候最需要人手的时候都没请，现在都大了，更不用请了。老公笑着讲你是宁愿自己多干点活，也不想工人在你面前转。阿美说那再多赚点钱啊，换楼，有工人房，工人就不在我面前转了。老公说好好好，赚钱，换楼！可是老公突然走了，别说是换楼，日子，都有点过不下去了。

该是师奶干的活，菲佣都干了，孩子也是菲佣带了，辅导功课，菲佣的英语都比师奶好呢。阿美是没有用过菲佣，听一个小同乡说，都是大学生，又干活，又管孩子，四千五，合算得很，家里一用两个，都要新加坡做过的，普通话说得流利，交代事情也明白。同乡就是这么说的。这个小同乡，嫁得最好，年轻漂亮，最主要，旺夫，老公的公司本来有点不行了，儿子生下来，生意马上起了色，又生了个女，凑成个好字，听讲老公的公司都快要上市了。

真真合算得很。小同乡说，我可是跟Agent讲清楚的，印佣我是不要的，教什么都教唔到，卫生又差，只要菲佣，再奸的菲佣，我都自信管教得好。也真是运气好，这次的两个，不偷东西，不一天到晚只知道打电话的，服从性高了不少，要再给她们加工钱，那个高兴哎，礼拜天也不出去了。

阿美捧住电话，不知说什么好。

以前小同乡刚嫁过来的时候，还欢迎阿美去坐了一次。阿美什么都记不得了，就记得客厅的欧式沙发，水晶吊灯。还有一层楼梯，香港的屋，阿美头一次见到楼梯，楼梯上去就是大露台，一个露台，比阿美家整间屋还大。

种菜！阿美脑子里的第一个念头。要我有这个大露台，我种菜。

心里这么想着，竟然说出了口。

小同乡略带嫌弃地看了她一眼。说什么呢阿美姐，当然是看星星啊。小同乡说，大夏天天色慢慢黑了，坐在这里，再叫用人送来一杯气泡酒，看得到星星呢。

阿美看了小同乡一眼，小同乡穿了一件藕色长纱裙，简直不认识她了。

大夏天，阿美只记得乡下的麦地，无尽的麦地，心慌慌地在地里走，走出一身大汗，天要黑下来就像一块大布一样突然罩下来，无尽的黑。心倒踏实了。

后面就是只电话了，小同乡再没有请过阿美，别的同乡更是去坐一坐的机会都没有。待阿美，小同乡是真心的，有事没事都一个电话来，说的都是真心话。

可是香港的师奶，还会干点什么呢？阿美经常会去想，菲佣都干了，她们干什么？也许她们也不想干什么。阿美二十八岁认识老公，二十九岁结婚，一结婚就是师奶了，阿美对师奶这两个字没有意见，对阿美来讲，做成了师奶，也是一种福气。阿美的几个同乡，几乎都做成了香港的师奶。

留在深圳的，只有阿丽，老公也是香港老公，只是俩公婆都不住香港，住深圳，租的口岸对面的屋苑，一套两居室。阿丽以前在一间美甲店做，后来就带了熟客人出来，在家里做，熟客人再带熟客人，阿丽的收费，到底比外面地铺平些，阿丽的手工又好。阿美从没有做过指甲，有时候去找阿丽，阿丽正忙，阿美坐在旁边看着又修又锉的那些指甲，也是不明白的，今天做了明天再卸，明天卸了再做新的，明天的明天再卸再做，还是美甲的客人们都太闲？上了瘾呗。阿丽跟阿美说过一次，不做指甲做什么？整日也没有事的。这确是真的，阿丽的客人做好了指甲也不走，坐在那里刷手机，一直一直不走，阿美要跟阿丽说点话就不是那么方便。阿丽的老公，阿美总也搞不明白是做什么的，阿丽的客人来，他就入房，不出来，阿丽的朋友来，他也是入房间。也没有声音，不知在里面做什么。依稀知道是带货的，有工开就回一趟香港，早上一个双肩包去，晚上一个双肩包回，也没有第二个包，只是带回深圳的，阿美不知是什么，阿丽也从来不说，阿美猜是手机，也只是猜，若是带大件，那得用上拖车，阿丽的老公不像是带那些粗重物件的，阿丽老公只带小件，一个双肩包，来来回回。行有行规，阿美也不想去弄得很明白。

阿美老公住院的一年，没怎么找阿丽，顾不上，后面老公去世，再出来做事，也没心思，有时候一个念头：不知阿丽怎样了？也是一闪而过。大概还是做美甲和带货吧，总没有事的，若有事，阿丽会找来。

阿丽也没来打扰，微信都没有一句。那一年，阿美是谁都不想见的，小同乡的电话也不接了，阿美的话本就少，那一年，更是少得一句都没有了。

想到这里，阿美想着，几时要去一次深圳了，见一下阿丽。

放工的路上就接到小同乡的电话。

他在外头有人！小同乡的第一句。

阿美捧住个电话，仍是不知说什么才好。

我是要闹的。小同乡说，闹出来谁都不好过！我怕什么？我有儿子我什么都不怕！姑仔竟然出来讲算过了我帮夫运只得十年，以后没用了。

胡说八道嘛。阿美憋出来这句。

先头就讲我两个用人的八字都跟主家冲的，要赶掉。现在又来动我！难道我跟用人是一样的？

不是还要上市吗？阿美突然问，家族企业？

上市个屁！小同乡怒气冲冲，七姑八婆都要来插手的家庭作坊，还有脸讲出来上市这两个字！

阿美不知说什么。说什么都不好。

还是阿美姐自在。小同乡兀地来了这么一句。

阿美不说话，心里面是不自在的。

小同乡大概也是察觉失了言，赶忙补了一句，我真当阿美姐自家家姐的，说的都是知心话，我是讲我，我多不自在，连姑姐姑仔都来指手画脚。

阿美突然就想起来小同乡的那个大露台，晚上看得到星星。

老公还在的时候，阿美也算是个有脸有面的太太，有一阵也被拉去一些太太群组。太太们总是约着十二点钟在茶楼饮茶，有时候下午趴，有时候下午牌，下午的趴踢和牌局阿美都是不参加的，家务事要忙，十二点的茶聚，阿美有时候去，于是也听得到一些八卦，太太们也放心阿美，阿美听德好，听什么都点头，口德也好，基本就是不说话，能不说话就不说话。阿美也真是听了什么都当是没听见，真记不住，仔细回想也只想得起一件，其中的一位太太，爱买包包，经常换包包，换了新包就拎来茶聚，太太们轮一圈地摸，说的都是好话。阿美不懂包包，阿美自己总是一个布袋，布袋里面再叠着一个布袋，因为饮过茶还要去买菜。阿美不懂包包，包包传到阿美这里，马上又传回了别的太太。那一日那太太迟到，太太们就开始讲，都是A货来的，怎么好意思背出来。阿美埋了头，仍当是听不明。连出来喝茶的衣服都会上TB买，就是LOW呗，其中一位太太讲。阿美一看，竟是与那位太太惯常要好的一位，平日饮完了茶都要一起走的，却说这样的话。阿美抬了头，看了一看那位太太的包包，肯定是真包包，因为占了个位，还用丝巾垫着。这位太太来的时候戴着长及肘弯的白手套，包包挎在肘弯那个位置，落了座，垫了丝巾，放上了包包，才将手套除下。阿美后来才知道，那是怕手汗弄污了包。那时阿美已经不在太太组了，太太们饮茶再也没有叫过她，那位拉她入群组的太太，更是被大家说了好几天。阿美左思右想都不知自己犯了什么过错。要么就是有一次，太太们茶聚讲理想，有讲要做更多公益的，有讲要去山区捐几所小学的，还有一位说要做艺术家的，也都已经拍了不少照，朋友圈里人人赞好，阿美都禁不住多看了那位太太几眼，轮到阿美，阿美讲，我，我想换间大一点的屋。不要异想天开了好不好？！太太们个个瞪大了眼睛。有位太太更是语重心长：阿美，你先生那点死工资，买到间居屋真算不错了，你自己又不做事，不挣一分钱，不要去想那么不切实际的，做人呢，最主要面对现实。太太们纷纷交口称赞，这话说得，有水平！阿美更是红了脸，低了头。若说是这件事，倒也可能。阿美本就与那些太太不是一个组。买包包的太太虽是常买假包包，但还有买包包的能力，阿美，根本就是连买包包的心思都没有，怎么能放在一组呢？想到这里，阿美也有些释然。

饼店老板说阿美不用来了的时候，阿美竟也有些释然。叫我走，我就走吧。阿美就是这么想的。但仍要将这一天撑完，再怎样，阿美总不叫自己失了体面。一个同事还走过来讲老板好人来的，真是经济不好，叫阿美不要发怒气。阿美看了看她，笑了笑，说，没什么的。这位同事早早离婚，独力养大个女，刚从港大社工系毕业出来，该是返工回馈社会，却日日跟母亲吵架，在家里摔东摔西，怨恨母亲当年生她的时候脑子坏掉了，要的特区护照，如今移民不了英国。同事日日返工都是哭过了的红眼睛。就算是能够过去，过去了做什么呢？又红了眼睛，怎么活得下来？阿美一直以来的心结都是儿子学习不好，考不上大学，只能念港专，也是老公的心结，若说是老公闭眼的时候有什么放不下的，就是儿子的未来。但到了今天，阿美竟也一起释然了。港专就港专吧，入得了港大中大未必就学得好，健健康康就得，未来只求安稳度日。那些太太确实也有道理，做人呢，最主要面对现实。

临放工，阿美正在收拾，阿美也没有什么可收拾的，若说是还有什么留恋，就是包点出炉那阵，丝丝甜香，也是烟火气吧，叫人有些许难忘。隔离美容院的清洁阿姐又走过来买包。突然就跟阿美讲，店里正招按摩师傅，阿美要不要转工？

阿美摇头，按摩，我不会。

阿姐说按摩最简单，店里包培训，以后多个手艺，而且入了店就有底薪。

阿美犹豫。

阿姐就说，我以前也是个老板娘呢，内地有个厂子的。

阿姐的话一直很多，但说起身世，却是头一回。阿美禁不住停了手，望住阿姐。

要不是贪钱，跟着表姐炒股。阿姐叹气，厂炒没了，房炒没了，老公也炒没了。

还炒吗？阿美忍不住问。

阿姐摇头。

亏了那么多钱，不想翻本？

我现在就安稳打份工，老老实实。阿姐说，股票，我是再也不碰了。

阿美说我也不懂股票的。

我都好放下，阿姐说，你有啥放不下的？

不是不是，阿美连连摆手，我是怕我笨，倒不是嫌这份工。

做得多，挣得就多，阿姐又说，真要靠自己，只能靠自己。

阿美说明白，明白。

阿姐总是要一个落市八折的肉松卷，饱肚，还有肉，果然实实在在。站在店里吞完肉松卷就返去做最后的清扫。若真是做过老板娘的，这位阿姐，真的是放得下。

见了工，阿美去了深圳。

下周上工之后，一月只得三日休息，迟到早退都要扣钱，阿美也不怕，阿姐说过的，做得多，挣得就多，若真是必要，三日休息也是可以不休息的。阿美就是这么想的。

许久不来深圳，阿美对这个地方，都有些生分了。

按照阿丽给的地址，来到一个小区，竟然也叫美丽阁的，这个世界，有时候果然奇妙。

一间湘菜馆，阿丽竟是老板娘，忙前忙后顾不得阿美，只叫阿美先坐着。

阿美坐在最靠里的单人位，旁桌坐着阿丽的老公，阿美还是头一回这么清楚地看到阿丽的老公。许久不见，竟然是这么老的一个老公。也许是店里的灯光，也许本来就是老的。

一个与阿丽老公差不多老的一个男人，坐在阿丽老公的对面，桌上一盆小炒香干，看起来都有些凉气了。

阿美原不想听他们的对话，又没有事做，声音都入得耳来。

原来是要借钱，支支吾吾，这口也开得艰难。阿丽老公一味说些闲话，俩人都识的熟人们，谁谁现在在哪里，不出来了，谁谁听讲是病了，许久没了消息。最后一句，店子也是新开，日日挨苦，不亏钱已经千恩万谢。

阿丽老公的朋友没有夹一筷菜，面前一杯冻柠茶，杯底下已经一圈水渍。

最苦的日子，老公在医院的时候，阿美没有借过钱，阿美没有借过钱，但知借钱是最苦，最后要出来做事，就是为了不跟人借钱。

阿丽后来终于坐下来的时候一脸油汗，跟那个做美甲的阿丽也有些许不同了。也许是店里的灯光。

阿美你知道的，我爸是厨子，阿丽说。

阿美点头。

我要给我爸挣一间自己的饭店，阿丽说。

阿美也想起来，阿丽的父亲，手艺很好，但也一直只是在镇上的饭店打工。

那一夜很晚了，半夜突然醒了，听到阿爸跟阿妈讲想出去打工，待在别人的饭店，受气，没有出路。我就跟我自己讲，我大了要给阿爸挣一间自己的饭店。

阿丽的阿爸没有出去，阿美记得的就是，阿丽的阿爸一直都在那家饭店。

给人带货能带一辈子？阿丽突然说，到底不明不白，我不许他再做那行了。

是呀，阿美说。阿美想起来口岸看到的那些水货客，多数很老了，拖着一车一车的货，走得很快很急，与旁人都不相干的，小车轮滚过阿美的脚边，阿美倒低了头，无端端有些难过。

就在店里帮手，阿丽说，总好过带货。

阿美点头。

阿美，不好意思啊，去年过年都没找你，阿丽说，我回老家了。

阿美说不要紧。去年过年，也是阿美最难的那段，但是阿美不说什么，阿美说不要紧。

我想离婚，阿丽说。

阿美说你可千万不要这么想。

所以我就回老家了，阿丽说。

阿美不知说什么好，阿丽的阿爸阿妈都已经不在了，阿丽出来后就再没有回去过。阿美原以为阿丽是永永远远不会再回去的。

足足一个月，我就在床上躺着，啥都不干，阿丽说。

阿美沉默着，想象了那一个月，即使是最难最苦的，老公走的第一个月，阿美也没有过躺着不动，阿美做这做那，收拾来收拾去，让自己忙起来，让自己忘掉。

后来终于再去那间饭馆，还说是装修过了，仍是水泥地，墙角都是泥污，竟是我小时候当是天底下最好地方的地方。

阿美说那是你出来了啊，见到了更好的，才会这么想。

我们不应该出来吗？阿丽说，我们不应该见到最好的吗？

阿美不说话。

我想给我爸挣个自己的饭店，这一句，我从来就没有说出过口。阿丽说，要我说出来，我爸会高兴？我爸只会讲我异想天开。

你没有说，怎知道你爸会不高兴？阿美说。这可能是阿美话最多的一句。

如果你爸看到了这个饭店，一定会高兴的，阿美又说。

是吧，阿丽说。

其实也不全是为了你老公，你阿爸，阿美说。阿美的话真是有点多了。

为着你自己，阿美说，你给你自己挣了个明天。

说出了这一句，阿美也笑了出来。若是那些太太听得到，一定也都会交口称赞吧，这话说得，太有水平了。

盐田梓

我不要去桥咀洲。珍妮花说，去了太多回了，实在不想再去。

我看广告板，上面还画着火石洲。“浮潜胜地火石洲，入水四米就见到大量海洋生物的踪影。”

一个男的凑了过来。马上开船了，他说。

我看了他一眼。

马上开船了，他又说。

火石洲多少钱？我问他。

不去，他坚决地说。

桥咀洲，他说，马上开船了。

我不要去桥咀洲，珍妮花说。

马上开船了，男的说。

我怀疑他只会说这一句。

我往旁边走了一下，一个卖各种海洋生物的摊，每一种海洋生物我都不认得。珍妮花跟着我。

站在海洋生物摊前，我往海鲜街的方向指了一下，说，如果我们往那边走，就是一堆海鲜饭店。

如果我们往另外一边走，我说，我也不知道那边有什么。

珍妮花不说话。不知道她在想什么。

马上开船了。又一个男的凑了过来。另外的一个男的，不是刚才那个，但是说的话一样，马上开船了。

我也不说话。我也不知道我在想什么。

菠萝包，男的说，桥咀洲有菠萝包。

我不要去桥咀洲，珍妮花说。

男的一扭头，走了。

你看他们一点生意都没有，我说，既然来了，帮衬一点。

我不要，珍妮花说。

我叹了口气。

那我们去爬山？我说，上大金钟？

我不要，珍妮花说，而且我也上过大金钟了。

我还没有，我说，我一直想着上。

你先准备两个月，珍妮花说，你现在这个样子上去了也下不来。

肥婆肥婆，又一个男的凑上来说。

我看着他。马上开船了马上开船了，他又说。

五十块五十块，他又说。

我掏出钱包给了他两张五十块。他给了我一张卡片，上面写着，肥婆船务，一个电话号码，电话号码下面一行字，夜钓墨鱼。

整点回整点回，三点四点五点，他说，最晚五点最晚五点。

我把卡片收入钱包。珍妮花不动声色地看着我。

船叫肥婆，船叫肥婆，我对珍妮花说。我也不知道我为什么要说两遍。

往码头走。只有一个船停在那里，那条名字叫作肥婆的船。

我们上了船。已经坐得很满，船头都坐着两个人。我跟珍妮花对视了一眼。

马上开船了马上开船了！那个卖票的男人也跟了过来，站在码头上喊。又有两个人上了船。

船迟迟不开，我跟珍妮花对视了第二眼。

这是要再塞几个人吗？珍妮花跟我说。用的英文。

我不确定，我说。我也用英文。

这是生意不好做的样子吗？珍妮花说，这么多的人。

船突然就开了。珍妮花闭了嘴。

开船的是一个老太太，威风凛凛，非常瘦，非常瘦。

开着开着坐在我旁边的一个保温袋倒了下来，掉到了座位下面。我正想着要不要把它捡起来，开船的老太太离开了驾驶位，把保温袋拿走了，挂到方向盘的旁边，那儿已经挂了一袋小青菜。

你是想捡是吧？珍妮花说，你怎么会去碰别人的东西？

我没理她。

这种时候，珍妮花又说。

我把头转向窗外，滚滚波浪。

我突然意识到这条船并不是去桥咀洲。

我看了看满船的人，开船的老太太，没有一个人是可以说一句话的。

我就跟珍妮花说，会不会是盐田梓？

我不要去盐田梓，珍妮花说，那上面什么都没有。

我没去过，我说，总比桥咀洲好吧。

就一个教堂，珍妮花说，那上面就一个教堂。

我不要去教堂，我说。

我就知道你会这么说，珍妮花说。

我把头扭回去，滚滚波浪。

船靠岸以后，我郑重地跨上了甲板。可能是坐我旁边的一个男的用一种很郑重的步伐迈上码头的台阶，他绝对感染了我。

我注视着他，注视着他，郑重地直奔一个餐厅。

我跟着他，珍妮花跟着我。

一个系白围裙的服务员正走出餐厅的门。我订位了！他冲着那个服务员喊。

好的好的，服务员说，又走回了餐厅。男人等在门口，站得笔直。

我看了一下环境，还不错的露天位，望得见四面的海。

我们也喝一杯吧？珍妮花说。

我看了看时间，中午十二点二十分。

岛上转一圈再来？我说。

好吧，珍妮花说，不过这岛上也没什么东西。

沿着一条斜路往上走。我又回头看了一眼，那个男的已经坐了下来，桌上两只香槟酒杯。

路旁全是破房子。

我们往前走了一段，还是破房子。

像不像直岛那些房子？珍妮花问我。

完全不像，我说，直岛那些房子是慢慢地没人住了，这个岛，像是一夜之间，没人住了。

珍妮花尖叫了一声。

我说你干吗。

她说反正也没人，就叫一声。

我说如果半夜三更在这儿这么叫会吓死人的。

最晚的船五点，珍妮花说。

你怎么知道的？

我也听到啊，珍妮花白了我一眼，整点，三四五。

再往前走，一根电线杆，上面贴着一张纸，纸上写，戴好口罩。

我就把口罩脱了下来。一股油菜花味扑面而来，我赶紧戴回了口罩。大冬天一个西贡的岛，为什么会有油菜花味呢？我就是这么想的。

你别说，这儿确实很合适拍戏，珍妮花说。一边说，一边脱口罩。

你没闻到吗？我说。

闻到什么？珍妮花说，我什么都闻不到。

我按紧了我的口罩。

分岔路口，一个指示牌，一边是井，一边墓地。

我说我不往前了，我要往回。

看看那个井呗，珍妮花说。

井有什么好看的，我说。

来都来了，珍妮花说，都没事干。

我在这儿等你，我说，你看了井再回来。

而且我肯定你靠近不了那口井，我又说。

为什么？

我指给她看，大太阳下面，密密麻麻的飞虫，静止在那条去往井的小路上。

珍妮花哼了一声，往那些虫走。

走到一半，她戴回了口罩，又几步，她停在了一棵树的下面。从我的角度，她经过的那些虫都被她的头打乱了，但是她前面的虫，仍然停在原处，一动不动。

我不由得后退了几步。

珍妮花继续地停在那棵树下，距离那口井，好像也不过一米的距离，但她没有再往前。那些虫也没有动，经过的，还没有经过的，都不动。我远远地望着。

珍妮花转了个身，退了回来。那个瞬间，所有的虫都动了，向她扑去。我赶忙后退了好几步。

珍妮花小跑起来，跑向我，跑过了我，往墓地的方向去。我跟着她。我们一起跑了至少一分钟，停了下来。我跟自己说不要回头，不管后面有没有虫。

路旁全是半人高的小灌木，或者别的什么木。这么走了好久，一个人都没有，前面后面都没有人。

我说我走不动了。

就快到了，珍妮花说。

到哪儿？我说，墓地？

珍妮花埋着头走，不说话。

又到一个分岔路口，一边墓地，一边双子亭。

你看，只是经过，经过墓地。珍妮花说，如果你不想去墓地就不用去墓地。你想去墓地吗？

不想，我很快地答。

这时走过来了一条狗。我看着那条狗，非常小，非常小的一条狗。狗经过了我们，看都没有看我们一眼，直接向双子亭的方向去了。

我跟珍妮花对视了一眼，跟在了它的后面。

走着走着它不见了。

这不可能啊，我说，那么小的狗走那么快？

是你走得太慢，珍妮花说，你还想上大金钟？你这个体能？

我还要上吊手岩，我说。

珍妮花哼了一声。反正有直升机，她竟然说，你下不来搭飞机下来。

我下不来就不会上去，我说。

这个世界上得去下不来的人多了，珍妮花说。

我想争辩一下，又觉得也没有错，这一阵子我确实天天看见直升机进山捞人，上得去下不来的人还不少。

到了一个亭子，珍妮花坐了下来，拿出手机，开始打游戏。

我也坐了下来，我也拿出手机，我也打游戏。

打着打着，好像太阳都有点下山了。

我们就是来盐田梓打游戏的吗？珍妮花突然说。我说还不是你先打。珍妮花腾地一下站了起来。走！她说。我只好跟着她。

走了一段路，又到了一个亭子，一个小亭子套着一个大亭子。珍妮花又坐了下来。我不坐，我站着，往远方张望。

珍妮花你看，那儿一个高尔夫球场，我说。

这种时候还会有人打高尔夫？珍妮花说。

这种时候不也有一船的空人来这儿？我说。正说着，一堆男女老少叽里呱啦地进了亭子，都没戴口罩。

珍妮花马上站了起来。走！她说。我跟着她。

再往前走了一段，下了一段石台阶，看到一条长桥。两个女的坐在桥上拍照，各种摆姿势，还有三脚架。

过了桥，一堆荒草里竖着个牌子，朱红的字，都有些模糊了。

珍妮花凑近了看。我说写的什么？

这块土地属于高尔夫球场，穷人不要随便进来，她说。

最多四个字吧？我说。有那么长吗？

一个意思，珍妮花说。

那我们往回走吧，我说。

为什么？珍妮花说。

私人地方啊，我说，擅闯违法。

珍妮花哼了一声，仍往前走，我只好跟着她。走到一圈铁丝网前面，她停住了。

跨过去啊，我说。

跨过去干吗？

打高尔夫啊，我说。我也不知道我为什么要这么说。

还记得那谁吗，珍妮花扭头对我说。

记得，我说，咱俩都修网球，她选马术，还有高尔夫。

你倒记得比我还清楚。珍妮花笑了一声。

太清楚了，我说，我是只买了个拍，她修那两个课，装备就买了不少。

珍妮花又笑了一声。

不过后来她嫁入豪门了，我又说。

多豪？珍妮花说。

很豪吧，我说，有一次在一个会碰到了，她跟我说了一堆，当年那帮同学是如何嫉妒她的如何伤害她的，我只好说我不知道那些事，因为我挺幼稚的，当然现在也幼稚。她就说，你没有办法改变那些穷人。她就是这么说的。你也没有办法叫他们永远消失。她真的这么说，你只有一个方法，你进入到一个更高级的阶层，你就再也不用见到他们了。

有点道理，珍妮花说。

有什么道理？我说。

珍妮花拿出手机，拍了一下那个铁丝网。铁丝网的那一边，风和日丽的高尔夫球场，草地上的草绝对都是一样高的，还有一棵树，站在一个刚刚好的位置。铁丝网的这一边，一派乱象，所有的东西都长在不对的地方，地都是不平的。

我也拿出手机，拍了一下珍妮花在拍的那个铁丝网。

回到桥上，那两个女的还在那儿摆姿势。坐着、躺着、趴着，还有反光板，刚才我都没有注意到那块板。

这是桥吗？珍妮花说，修得跟个坝一样。

我看了看脚下，确实是个坝。我就说，能用就行，管它桥还是坝。

能用吗？珍妮花说，桥那边就是个不能去的地方，有意思吗？

以前肯定能用，我说，以前又没有高尔夫。

查查？珍妮花说。我拿出手机查了一下。

“五十年代，盐田梓岛资源匮乏，村民希望往来隔离的滘西洲拓荒耕作，于是动员全村人力物力，三代人合力修葺了此桥。此桥的建造是盐田梓客家居民勤劳耕作的见证。”

村民自己出钱造的，我说，三代人。

造成这样不容易了，我又说。

你这么说我也不知道说什么好了，珍妮花说。

我们就开始拍照。现在桥上有四个拍照的女的了，各种拍。

桥的左边有一些渔船，停泊得很远，右边是一个游艇，若不是那几条渔船的小，都衬不出游艇的大来了。我左拍了好几张，又右拍了好几张。然后我把那个游艇指给珍妮花看，说，真有人上岛打高尔夫的。

这种时候，我补了一句。

有什么，珍妮花说，我也租过的。

又不贵，珍妮花补了一句。

租它干吗？我说，又不做生意，有伙伴要招待吗？

上次过生日，珍妮花说。

哦，我说，你过生日不叫我的？

珍妮花沉默。

你过生日不叫我的？我又说了一遍。

你会把人都吓跑的，她竟然说，你跟人讲文学。

这种时代，她又说。

那讲什么？我说，讲数学？我连自己的手指头都数不清楚。

算了我不跟你计较，珍妮花说。

我把头扭向另外一边，黑白相间的大游艇。我的内心都要爆炸了。

下次叫你，珍妮花说，真的，下次叫你，好了吧。

好，我说。

回码头的路上经过了一片小盐田，旁边就是红树林。

我好像看到了一只萤火虫，珍妮花主动地说。

我说哦。

真的，珍妮花说，真的是萤火虫。

有红树林就会有萤火虫，我只好说。

上次去马来西亚，珍妮花说，还记得吗？那片红树林。

不太记得了，我简短地说。

萤火虫不吃饭的，珍妮花说，就是长了个嘴。

我笑了一声。那个导游说的，我说。

是啊，她还挺好的。珍妮花说，看到你没东西吃，还去厨房关照了一碟青菜。

真是尽力了，我说，一个导游。

你说你吧，珍妮花说，为什么要报那种穷人旅游团呢？团餐都抢得不管不顾的。

我也不知道为什么，我说。

那你说我们为什么又要来盐田梓呢？珍妮花说。

她说她不是当地人，我说。

谁？那个导游？珍妮花说，一个导游跟你说那么多？

普通话游客不多吧，我说。

跟着一团香港人的普通话游客确实不多，珍妮花说，就你跟我，足够咱俩回忆一辈子的了。

她说她到马来西亚二十多年了，我说。

还只是个导游，珍妮花说。

我不想说什么了，我们经过了那片小盐田，一个人都没有。

如果想要体验一下手工晒盐，欢迎预约。牌子上可能是这么写的。也可能牌子上什么都没写，只是我是这么理解的。

又经过了一片小菜田，一个人都没有。

上了几级台阶，一个餐馆，门口一块黑板，写着土窑鸡，菜脯蛋，客家豆腐。

我不要吃这个，珍妮花说。超过了我，走到前面去了。

一棵大樟树下面，一个乡村茶座，珍妮花停在那儿看，上面写着豆腐花，茶粿。

我不要吃这个，我说。我也超过了她，走到前面去了。

就回到了码头，西餐厅的露天位。那个男的还坐在那里，笔直的香槟酒杯，看起来像是完全没有动过。

一个迷你沙滩，一堆人在那儿拍照。如果注意一下角度，沙滩又会变得巨大。

喝一杯？我跟珍妮花说。

不要。珍妮花说，一点意思都没有。她径直往码头去了。

我看了看时间，两点半。

还有半个小时才有船！我冲着她的方向喊。她慢慢地坐了下去，码头一排椅子，她就坐在那儿。

我想我再去走一圈好了，我就是这么想的。但我也慢慢地坐了下来，一个小亭子里。一点意思都没有。

拿出手机，打游戏。正打着，看着珍妮花走过来，走过来，经过了我，向茶座的方向去了。

我继续打游戏，打了一会儿，我站起来，去找她。

茶座里一堆男女老少吃豆腐花，吵吵闹闹，我的头都要炸了。看了一圈，没看到她。

一条更斜的斜路，一个白色房子，我猜是教堂。上到上面，果然是教堂，就看到了珍妮花，她正在拍一朵花。

我进了教堂，坐了下来。面前一排光滑的木板，不知是什么。能把脚放上去吗？一定不能，那么为什么要放这么一排板？正在想，一个人走到我的面前，对我说，不要把脚放上去！

我就站了起来，从教堂的另一个门出去了。珍妮花还在拍那朵花。我看了看天，看不出来颜色。

喝一杯？我说。

不要，珍妮花说。

码头等船的时候来了两个小孩，围着珍妮花跳了三圈，跳过来，跳过去。三圈跳完，围住我，跳过来，跳过去。

小孩的妈坐在旁边。唔好郁啦，那个妈微弱地说。

小孩理都不理她，又去围住珍妮花跳。

唔好郁啦，那个妈更微弱地说。小孩继续跳。

对面一排五颜六色的风铃管，被塑料布包得纹丝不动。一个戴墨镜的女的在那排管子前面拍照，各种摆，各种拍，各种拍，各种摆，我从来没有见过那么高兴的女人。

我呆呆地看着那个女人，她至少拍了一千张。

小孩又跳过来的时候我终于站了起来，珍妮花看了我一眼，继续打她的游戏。我不知道珍妮花会不会爆发，反正我要爆发了。

人多起来，所有的人都挤在码头。船还迟迟不来。

会不会上不了船啊，我说。

珍妮花头也不抬，说，有可能。

太多人了。我说，这么多人一条船不可能装得下的。

我们不是第一个到码头的吗？珍妮花说。

现在不是了，我说。正说着，几个人从后面拥上来，挤到了我的前面，我都以为我要掉到海里了。船远远地来了，两个小孩和那个妈马上又挤到了那几个人的前面，人群挤着挤着，要不是有个围栏，我已经掉到海里了。

我站到最后面去，我对珍妮花说，我快要上不来气了。

去吧，珍妮花说。

会不会上不了船啊，我说。

不会，珍妮花说，我在这儿。

我就站到了最外围。看着船近了，近了，靠了岸，跳来跳去的小孩上了船，那个妈也上了船，人们纷纷上了船，珍妮花也上了船。所有人都上了船，我上船。

珍妮花正跟一个戴墨镜的女的说，不好意思，这儿有人了。

墨镜女人不高兴地坐到了珍妮花的另外一边。我走过去，坐到珍妮花身旁，身心俱疲，这二十分钟的回程船，我一句话都不想说了。

戴墨镜的女的突然高声说，你们不要脸！

我简直目瞪口呆。珍妮花跳了起来，你说什么？

占位不要脸！墨镜女人跳得比她还高。

我也跳了起来，但我想不出来说什么，又坐了下来。

你们两个“大陆”人！也不怕香港人看笑话！墨镜女人继续喊，快来看啊占位不要脸！

我环顾了一下周围，全船的人都没有反应，脸部表情都没有。

你是游客吧？我说，我们这也不算占位……

我来香港三十多年了！墨镜女人叫起来，你们才是游客！你们两个“大陆”游客占位不要脸！

我们也来香港十年了。我赶紧解释说，我们也不是游客。

香港人都看不起你们！墨镜女人突然伸出了一根手指，快要戳到我的鼻子。不，要，脸！

碧池，珍妮花突然说。

我吃惊地看着珍妮花，我从来没有听珍妮花说过这个词，美国十年都没有听过她说过这个句。

这也太难听了吧，我对珍妮花说。

墨镜女人也停了下来，困惑地看着我和珍妮花。

碧池，珍妮花又说了一遍。

多大的事，我生气地对珍妮花说，婊子这个词都出来了。

啊啊啊！墨镜女人号叫起来，你们竟然叫我婊子？

碧池，珍妮花说了第三遍。

我要拍你们！墨镜女人掏出她的手机，对着我的脸拍起来，拍了三秒，又去拍珍妮花的脸。

我赶紧按了一按自己的口罩。

你也快来拍！墨镜女人推了推她旁边的一个女的，那个女的立刻举起她的手机，对准我的脸，拍起来。

我才注意到还有一个女的，也戴着墨镜，挎了一个巨大的古驰包包。

古驰包包的镜头从左移到右，又从右移到左，我的脸和珍妮花的脸各占三十秒，镜头完全不抖的。

我转头看了一眼珍妮花，她竟然也举起她的手机，拍那两个女的。

我到处找我的手机，一时没找到。

我要发到网上！墨镜女人给画面配了音：我要曝光你们！叫全香港的人都来看！

你们不能拍我们。我结结巴巴地说，我们有肖像权的。说完，我觉得我真的挺文学的，一点用都没有。

古驰包包把手机换了个手，继续拍。

碧池碧池碧池……珍妮花一口气说了三遍。我感觉她要把她这前半生都没说过的碧池都说完了。

墨镜女人气得站了起来，往船头走去。

我的目光追随她，追随她，到了船头，她扶住门框，望向大海。

一个非常可怜，又非常肥硕的背影。

我回头看了一眼珍妮花，说，真的太可怜了。

我实在是想不到用哪个词了。珍妮花说，我的脑子里只有那个词。

我又望向那个墨镜女人，她已经举起手机拍起船外的风景来。也不知道是什么手机，够不够她拍那么多，还有我和珍妮花的长视频。

我突然意识到她就是我在盐田梓码头上见到的拍照女人，那一排塑料布包住的管子都能叫她那么高兴，给不到她想要的那个座位，她一定就会那么不高兴。

你看你要来的盐田梓，珍妮花说。

跟盐田梓又有什么关系？我说。

梓是什么意思？珍妮花说。

故乡啊，我说，盐田故乡。

本来没有人住的一个荒岛，从盐田搬过来了一家人，不能忘记故乡啊，就给这个岛起了个名字叫作盐田梓。我说，我也是刚才查桥的时候才知道。

我们为什么要来香港呢？珍妮花说，又不是我们的故乡。

我说你问我这个问题，我也不知道说什么好了。

又去看了一眼趴在船头拍来拍去的墨镜女人，竟然生出了十二分的不忍心。

船靠了西贡，墨镜女人和古驰包包第一个跳上了岸。

也不知道哪里来的勇气，我快步追上了她们。

大姐大姐，我说。我也不知道我是从哪里找来的词，至于勇气，肯定是梁静茹给的。

大姐戴墨镜的脸转回来，仍然怒气冲冲。

我先向您道歉，我用上了我全部的诚恳，说，我希望您好不容易出来玩一趟，要开开心心的……

大姐夸张地捂住了耳朵，不听不听不听！

您先听我向您解释一下，我说，请您不要责怪我的朋友占位。

我，不，听！大姐全身都扭起来。

其实我们等船的时候是排头的，我简直用上了我前半生所有的耐心，说，我有点不舒服就排到了最后面，但是我们是想要坐在一起……

所以嘛，大姐又叫起来，所以你们两个都不要脸！

我闭了嘴。全世界都无能为力。

说什么都没用了！大姐一边扭一边叫，我就是要放到网上！就这么定了！你们等着吧！

我回头看了一眼珍妮花，珍妮花站在海洋生物摊前，没有什么表情地看着我，还有大姐。

您开心就好，我最后说了一句。

看你们都是科大的吧？大姐突然又来了一句。

我都被她吓着了。

我就知道！大姐意气风发地整了整墨镜，用最大的声音喊道，我楼上楼下住的都是科大的人！我要把我拍到的你们放到我的朋友圈！我的朋友圈全是科大的！

我想我的嘴一定不由自主地张大了。

我只好再回过头去看珍妮花。怎么办？我说，我竟然会说出怎么办这三个字。

珍妮花正在跟古驰包包说什么，我问她怎么办的时候她看都不看我一眼。

哈哈哈哈！大姐突然狂笑起来，我这就发朋友圈！你们等着倒霉吧！说完，极为潇洒地转了个四百度，走向海鲜街。

我是真的被吓死了。

珍妮花走了过来。

她说她要发到科大的网，我说，我们是科大的？

珍妮花低头看了一眼自己的帽衫，说，这上面写的不是STANFORD是HKUST？

你今天竟然还穿了这件，我说，我都没带到香港来。

也是前些天整理东西，正好理到就穿一穿。珍妮花说，我也没别的意思，就是我还能穿进十年前衣服的意思。

我反正是穿不下了，我说，我也不会再穿。

刚才我说碧池，珍妮花说，就是你给翻译了。

有吗？我说。

你没看出来她根本就不识英文吗？

不是来了香港三十多年吗？

所以不识英文啊，珍妮花说。

那你刚才又跟那个古驰讲什么？

我问她为什么要拍我们？

为什么？

古驰讲她让她拍我们，她就拍我们。

天，我说。

我让她删了，珍妮花说，可是她好像也不懂英文。

为什么讲英文？我说，讲广东话啊。

她的广东话也不太行。

不是来了三十多年吗？

普通话也不行，珍妮花说，或者她也不想讲普通话，反正我跟她说什么她都一副不知道我说的是什么的样子，她还把她那个假包包举起来挡住她自己的脸。

我也最恨假包包，我说，不过真包包我也恨，都是尸体。

不是这个问题，珍妮花说，问题是你竟然还碰了那个女的。这种时候。

我有吗？我说，我自己都没有意识到。

你有，珍妮花说，我看得清清楚楚。

我说哦。因为那个女的的动静真的太大了，我想让她镇静下来，我就揽了一下她的肩。

我马上又放下了，我说，她穿的化纤，我被电到了。

而且她更激动了，我说，你说得对，我就不应该碰到她。

你带消毒液了吗？珍妮花说，赶紧擦一下手。

那也不至于吧，我说，我只是在想，那一批来到香港的人，应该受了很多苦吧。

那就想要在道德上进入到一个更高的阶层？珍妮花说。科大就是最高的阶层了，对她来讲，都到顶了。

还不是她的，珍妮花又说，她以为她进入了。

那删了吗？我说，那个古驰拍我们的视频，删了吗？

管她们呢，珍妮花说，就让她们发她们的朋友圈好了。

我们不是也拍了吗？我说，我们也发我们的朋友圈。

我们的朋友圈？珍妮花冷笑，说，你要发了，那种人才终于进入了我们的朋友圈。

我说我的头都要炸了。

这就是你要来的盐田梓，珍妮花说，要不我们也碰不上那个阶层的人。

我说好吧，只有一个方法，我去火星，对我来说最高级的阶层，我就再也不用见到任何地球人了。

你去你去，珍妮花说，别忘了给你在火星上的岛起个新名字叫地梓。

我说为什么？

不要忘记来路的意思，你的故乡就是地球，珍妮花说。她就是这么说的。

布巴甘餐厅

珍妮花约我在太平山顶见。

为什么是太平山顶，我也不知道。

到了山脚，一个女的指挥我过一条马路。你得过马路，她说。她就是这么说的。

我不相信地看着她。

过马路不就离山更远了？我直接地问她。

你必须得过这个马路，她说。她也没有别的话好说，好像她就会这么一句，你得过马路。我就过马路了。

有几个人跟着我。

沿着箭头往前走，走到一个天桥下面，一张小桌子，桌子上面竖着一个小牌子：如果你的名字里有A，如果你的名字里有E，如果你的名字里有P，如果你的名字里有K，你就可以免费搭缆车上山顶。

小桌子后面站着一个女的。你的名字里有吗？她问我。

没有，我说。我叹了口气，她也叹了口气。

真的没有吗？她又问。

我把身份证掏出来给她看。

有个E嘛，她说。

是吗有E吗？我看了一下身份证，果然有个E。

你可以免费搭缆车了。她说，而且是来回的。

我突然想到珍妮花名字里面也有E，所以她约我在山顶，原来上山不要钱。

你想上428吗？桌子后面的女的又问我。

什么428？我看着她。

原价九十九现在只要半价。她说，因为你的名字里有个E。

428有什么吗？我问。

你从哪儿得知这个推广的？她反问。

什么推广？我说。

原价九十九现在只要半价。她说，因为你的名字里有个E。好像她就会这么一句，你的名字里有E。你的名字里有P、E、A、K。

我就掏钱包了。我只有一张五百块。她赶紧接过那张五百块，又拿出一个黑包包，也放在小桌子上，她从那个黑包包里面找零钱。

找了一会儿，没有找到。她拿出了一个小钱包，从里面找到了一些零钱找给我。

如果不是在太平山脚，我就以为这几个人都是骗子了。就好像我十年前参加过的一个一日游团，说是要去浅水湾太平山的，旅游巴士开到一半，导游说，浅水湾也没啥好看的，咱们不去了吧，咱们去买东西！买好了东西，导游说，太平山也没啥好看的，咱们也不去了吧，咱们再去买东西。车里的人一通闹，导游只好带着一车人上山，上到一个不知是不是顶的地方，板着脸说，到了，都下去！我说我不下去。导游说为啥？我说他们一堆抽烟的。导游说对！烟怎么可以在车里抽呢？要抽必须下车抽！下车！下车以后，烟雾茫茫，一整座抽烟的山。

但我不是十年前的我了，我感觉到这几个人不是骗子，那么他们就真的不是骗子。

拿了票，再往前走了一段，就是缆车。

有两个女的坐在第一排，过了一会儿，她们移到了第二排，我就坐到那个第一排去了。

回头看了一下车厢，就三个人。那两个女的，和我。过了一会儿，那两个女的又移到了第三排。

缆车迟迟不开，我怀疑它是要等到人坐满。

阳光斜斜地照入车厢，珍妮花为什么要约我在山顶？

缆车突然就开了。

车旁边的山路上有几个人在走，好像就是刚才跟着我过马路的那几个。缆车开过他们身边的时候，他们停了下来，向缆车行注目礼。我想过把头伸出去车窗喊：你们的名字里有没有E？有没有A？P和K？我没有动，我只是想想。

我拼了一下珍妮花的名字，她的名字里面不仅仅有E，而且有两个，J—e—n—n—i—f—e—r，Jennifer。

缆车穿过了一个很像城门洞的门，很旧很老的一个洞门，有一百年了吧？

我算了一下，我跟珍妮花有十五年了。

十五年前的有一天，我在楼下走，有个女的跟着我，我转了个弯，她还是跟着我，我就回过头问她会不会讲中文。她说她会。我跟你一样都是中国人，她说。她就是这么说的。

我叫珍妮花，她还伸出了她的手。很高兴认识你，她说。

我说我也很高兴。

实际上珍妮花不是跟着我，她住的楼就在我住的楼的隔壁，那一天，那一个时间，那一条路，我们俩只是正好走到了一起，就这么认识了。

现在想起来，珍妮花那天穿的那件衣服我都记得特别清楚，一件高领的薄毛衣，一条牛仔裤，肯定都是0号的。

我穿的什么，我可是一丁点也想不起来了。

第二天中午我们俩又在新港购物中心的The Body Shop大门口碰上了，珍妮花穿着一双有跟的鞋，一件百分之一百克什米尔的开襟衫。我问她买什么？她说她就是逛逛。我说我要是不买什么是不会上购物中心的。她就说她要买洗发水，我们就一起进了The Body Shop，珍妮花买了一瓶洗发水。买好了洗发水，她问我，你买什么？

我不买什么。我说，我不喜欢买东西。

那我们去吃点甜的吧，珍妮花说。

我说我也不喜欢吃甜的。

珍妮花说那我就自己去吃甜的了。然后她看了一眼手表。我可得赶快了，她说。

为什么？

快赶不上我睡午觉的时间了，她说。

那就别吃了，我说。

她说吃还是要吃的，吃快一点就能赶上。

我说我从来不睡午觉，睡午觉太浪费时间了。

珍妮花瞪大了眼睛，不睡午觉，那你干什么呢？

我说我也不干什么。

那你不是在浪费时间？她说。

我说那好吧我们一起去吃甜的吧。

河旁边的一间日本店，特别轻的两片蛋糕。

不甜的，相信我。珍妮花说，不是超市的那种蛋糕，甜到咽不下去的那种甜。

对，我说，还按磅卖，一买就得买三磅。

超市的蛋糕我从来不买，珍妮花说，看上去就便宜。

起司蛋糕还行，我说，就是太多，吃到第二个星期只能全扔了。

珍妮花笑了一笑。

我尝了一口不甜的蛋糕，不甜到都不像蛋糕了。

吃完蛋糕，珍妮花去睡午觉了。

第二个星期她约我去霍博肯吃冰淇淋。

我说我根本就不吃冰淇淋。

那就吃甜甜圈，她说，我吃冰淇淋你吃甜甜圈。

我只好说好吧。实际上我也不吃甜甜圈。

霍博肯对于我来说就是一条街，街上有一些店。除了这条街我完全想不出来霍博肯还有点什么。我几乎不去霍博肯。

所以站在那间甜甜圈加冰淇淋店门口，我想的就是，这可不是一点甜的，这是甜的加甜的，很多甜的。

珍妮花要了一勺冰淇淋，我要了一个甜甜圈。

再下一个星期，我们一起去了城里。克里斯多夫街的地下站台特别闷，火车还迟迟不来。珍妮花站在我的旁边，望着她的侧面，我突然觉得，我一句话都不想说了。

我就记得这些了。

可能还有再下一个星期，我们又去了城里，不过是搭船，横穿哈得孙河的时候我丢了一只相机。

可能还有更多的，我一时也想不起来了。

然后我们就都到了香港。我住在沙田，珍妮花住在湾仔。如果我们要见面，沙田到湾仔的地铁，转乘三次，需时三十三分钟；湾仔到沙田的地铁，转乘三次，需时三十三分钟。可是我们不大见面。也许在第一个月我们见了两次，接下来的十年，我们都没再见。

有一天我去马鞍山广场，看到一座旋转木马，就给珍妮花打了一个电话，我问她要不要来马鞍山？有一座旋转木马。

她说她不来。她也不喜欢旋转木马。

后来我也接到过她的电话，问我要不要去一个聚会，全是新港海归到香港的那帮人。

我说我不去。

在尖沙咀，她说，你不用过海。

我说我不喜欢见人，不管过不过海。

是因为你一事无成吗？她说。你不想见到以前的人。

实际上她并没有这么说，这一句是我对我自己说的，因为我一事无成，所以不想见人。

接下来的十年我都一事无成。

珍妮花在湾仔做什么？我不知道。有一点是肯定的，她比我忙。

有一次她约我在香港公园见。我不喜欢香港公园，有一次我的工程师男友的校友会聚会在香港公园，香港公园旁边的哪一间酒店的哪一层。

你想不想去？工程师是这么问我的。

我不想去，我说。

那我邀请别人去了，他说。

为什么？

有个人想去啊，他说，她可以作为我的客人跟着我去。

她为什么要去？

可以见见人吧，工程师说。

人有什么好见的，我说。

过了一会儿，我说，我也要去。

你想去就去好了，工程师说，反正我有两个客人名额。

我在香港公园旁边的哪一个酒店的大堂见到了工程师的另外一个客人，一个精心准备的小黑裙。

上到哪一层，密密麻麻的人，我马上就恐慌了。

工程师马上找到了人寒暄，小黑裙也马上不见了，我端了一杯喝的，但是一口没喝，恐慌，恐慌死了。

可以走了吗？我问工程师。

这才刚刚到，工程师说。

那我离开一下，我说。

去吧，工程师说。

我下到酒店的大堂，香港公园的对面，下扶手电梯，下到一个商场，再下电梯，下到最底，一群化妆品店，我买了一支腮红，为什么是腮红不是口红，也不是眼影，我也不知道为什么。

买好了以后，我问她们我能不能在她们的高脚椅上坐一下。

坐吧坐吧，她们宽容地说。我就在一把高脚椅上坐了一个钟头。

工程师打电话给我的时候有个女的正在问我是从哪里来的。

我赶紧一边接电话一边离开了高脚椅，要不是这个电话，这个问题真的好难答，我是从哪里来的？

上电梯到商场，再上电梯到香港公园对面，酒店，再上电梯，上到哪一层，工程师站在电梯口。

可以走了吗？我说。

走，他说。

小黑裙呢？我说，不等她了吗？

为什么要等她？工程师说。

你的客人啊，我说。

有一种客人只需要带着来，工程师说，不需要带着走。

实际上我和工程师都找不到小黑裙了。我们就走了。

那是我第一次去香港公园，算是吧。

后来我又去过一次香港公园，有个人约我在那里。那天天热到快要融化，我还穿了一件小黑裙。

香港公园门口见了面，他说，我们就在香港公园吃饭吧。

香港公园有饭吃的吗？我问。

有一间露天的泰国馆子，他说。

我不好意思说不。于是那一餐饭，我的汗滴一直沿着我的额头往下掉，一颗，一颗，一颗。他还为我要了辣炒杂菜，我从没有吃过那么辣的菜。

一边吃着饭，我说，你看我有一条迪士尼的项链，我在迪士尼乐园买的。

我也不知道我为什么要说这种话，我都三十三岁了，他还比我大七岁。我说我有一条迪士尼乐园的项链。

吃完饭，我们一起过了马路，下电梯，就是我第一次来香港公园的那条扶手电梯。他站在我下面那层，我和他就一样高了，电梯非常长又非常慢，上次我也没有觉得有那么长。你喜欢男的还是女的？我问他。我不喜欢男的，他答。我也不知道我为什么要说这种话。尽显尴尬。

下到商场，他停在一间摄影器材店的橱窗外面。

下午不用上班？我问他。

要上，他说。

我就看看，他又说。

那我先走了，我说。

再见，他说。

再见，我说。我们握了一下手。他的手完全没有温度。

这个事情，我没跟工程师说，但是跟珍妮花说了。

所以珍妮花跟我在香港公园见面的第一句话就是，你跟他有点什么吗？

我说我有工程师了。

珍妮花笑了一笑。

我俩站在一潭鱼池旁边，香港公园一堆假石头，假瀑布，鱼池后面的泰国馆子也像是假的，但是鱼是真的。

但是他帅得要死，珍妮花说，不有点什么吗？

我给你他的电话号码，我说，你们可以有点什么。

珍妮花说不要。

这些鱼太可怜了，我说，这么小的池子。

还有更小的池子，珍妮花说，所以也谈不上多可怜。

说得也是，我说。

后来在一个很像大笼子的百鸟园，珍妮花指给我看一只笼子外面的鸟，那只鸟整个趴在大笼子的上面。

你看你看它多想进来啊，里面有这么多吃的，珍妮花说。

百鸟园里吊了好多盘子，每个盘子里都有半只橙子，半个苹果，半条香蕉，还有火龙果，红色的那种，都是切好的。

也不用切好吧，我说，鸟自己会开水果的。

它可想进来了，珍妮花又说。她还在仰着头看那只鸟。

它不想进来，我说。

你怎么知道它不想进来，珍妮花说，你又不是它。

说得也是，我说。

快下到百鸟园的出口，我俩同时看到了一群火烈鸟，就跟九龙公园似的。

竟然把火烈鸟搁在笼子外面，珍妮花说，也不怕它们飞走了。

太红了，我说，我不喜欢这么红的红。

对，珍妮花说，要像九龙公园的火烈鸟的那种粉红才好看。

可能是品种不一样，我说。我一边说一边想什么品种的火烈鸟是这么红的呢？我从来没有见过这种深的红。

可能是假的，珍妮花说。

然后我们一起掀开了百鸟园的塑料链帘子，来到了外面。果然是假的，那些假火烈鸟一动不动。

真是假的，我说。

他们为什么要在真的鸟园外面放这些假火烈鸟？珍妮花问我。

我怎么知道，我说。

缆车停了下来。

播报里说这是一个站，可是没有人上也没有下，缆车又往前开去。那两个女的坐到了最后一排。

第二次见面是在沙田新城市广场。

因为我去过了港岛，她得来一次新界。我就是这么想的。

可是我们一起在新城市广场干了些什么呢？我有点想不起来了。

我倒是清楚地记得十五年前的事情。有个女的跟着我，我转了个弯她也转，我们就这么认识了。这个女的穿0号，喜欢吃甜的。她叫珍妮花。

见过这两次以后，我们再没有见面。

然后就是十年以后了。

我们也许通过一些电话，不过每次电话的内容都差不多，比如这种：

我们得见一下，珍妮花说，好久不见了。

有一二三四五六七八九十年了吧？我说。

十一年了，珍妮花说。

得见，我说。

在哪儿见呢？珍妮花说。

旺角，我说。

为什么旺角？

你住湾仔，我住沙田，我说。

对，珍妮花说，你住沙田，我住湾仔。

我们俩的中间是哪儿？我说。

九龙公园？珍妮花说。

搭地铁，我说。

我好像听到珍妮花数手指的声音。

湾仔，金钟，尖沙咀，佐敦，油麻地，旺角，珍妮花说。

沙田，大围，九龙塘，石硖尾，太子，旺角，我说。

哦，珍妮花说，旺角。

旺角，我重复了一遍。

可是我不想去旺角，珍妮花说。

我也不想再去港岛了，我说。

要不是你在沙田，我连新界都不去，珍妮花说。

上次来沙田不好吗？我说，我有带你看史努比。

我记得史努比，珍妮花说，可是除了史努比还有什么？

文化博物馆？我说。

除了史努比和文化博物馆还有什么？珍妮花说，而且你也没有带我去文化博物馆。

我想了一下，什么都没想出来。

所以我不会再去沙田了，珍妮花说。

我也不会再去港岛了，我说。

你上次来港岛不好吗？珍妮花说，我还带你去香港公园了。

我没带你去沙田公园吗？我说。

没，珍妮花说，你就把我带到一个商场，跟我讲这个商场的露天天台有史努比，然后你领着我到了一个儿童乐园，我们一起坐了一条史努比船。

为了坐到那条船我还买了一包我根本就不需要的面包，我说，有收据才能坐船。

晒死了，珍妮花说，坐在那条船上我都晒死了。

你有伞，我说，因为你在船上撑伞我们还被管船的人说了一通。

有吗？

肯定有，我说，你一边撑着伞一边对我说，你连防晒霜都不涂，你对你自己也太狠了吧。

我有吗？

你有，我说，你也没把伞挪过来一点。

你连防晒霜都不涂，你对你自己是太狠了，珍妮花说。

我连眼霜都不涂，我说，还防晒霜。

天啊！珍妮花说。

十年了，我说。

十一年，珍妮花说，咱俩得见一面。

你还来沙田吗？我说。

我实在是不想再去新界了，珍妮花说。

我也实在是不想再去港岛了，我说。

最好是在中间见。珍妮花说。

那就是旺角，我说，我们俩的正中间是旺角。

可是我不想去旺角，珍妮花说。

这十年间，我跟珍妮花就通了这么十个电话，内容都差不多。

缆车又停了下来。可能是又到一个站，我想象了一下一百年前，那时候的人是怎么过来的。

那两个女的开始各种拍照，但是一点声音都没有，要不是回头看一眼，都不知道她们在拍照。对话都没有。你拍我，我拍你。

缆车越来越斜，简直斜到垂直。从第一排的角度看最后一排，那种感受非常奇特。最后一排还在拍照，沉默地，互相拍照。

车停下来了。我按照箭头指示进入了一个小商品市场。琳琅满目的旅游商品，可是没有人买，也看不到人卖，一个人都没有。我穿过了那些店铺，来到一个建筑物的中层。往上有电梯，往下也有电梯，那些电梯都很旧。我选择了往上的电梯，上了一层，有一些店，店都关着，我又上了一层，又有一些店，店都关着，我又又上了一层，每一层都一样，每一层的店都关着，整个建筑物里面，除了游客中心，一个人都没有，我也不确定游客中心有没有人，上来的时候我根本就没有看它一眼。

然后我看到了一个开着的店，糖果店，一个女的像一个蜡像一样站在收银台后面，一动不动。我在糖果店转了一圈，又一圈，买了一块糖。

六十块，那个女的说。

八达通？我问。

现金，她说，一百元以上才能用八达通。

好吧，我说。

要收据吗？她问。

要，我说。其实我也不知道我为什么要收据，我也不知道我为什么要买这块糖，我又不吃甜的。这可能是我来到香港后唯一一次买糖，这块糖也可能是这间糖果店这一天里唯一的一个销售。

然后我就看到了一间布巴甘餐厅。香港，太平山顶，为什么会有一间布巴甘餐厅呢？我从没有在圣塔莫妮卡之外的地方见到过它，新港都没有。新港没有布巴甘，新港也没有起司蛋糕工厂，我倒是在澳门见过一间起司蛋糕工厂，我好像在那间起司蛋糕工厂问过一个店员看没看过《生活大爆炸》，他说他完全不知道我在说什么。我也在那间热带雨林问过一个店员都打雷了是不是得真的下点雨？她冷漠地说全是人工的。布巴甘或者起司蛋糕工厂，或者热带雨林，这些店都把我搞乱了。

布巴甘关着。

我又上了一层。上到一半，一个人守在电梯口，我怀疑他是要检票，就把缆车票拿了出来。果然是检票。检了票，我上了那半层，就到了山顶。

一出玻璃门，一个女的在拍照，各种姿态，我是过去还是过不去呢？我站到一边，等她拍。为她拍照的是个工人姐姐。再来一张！再来一张！女的吩咐。工人姐姐拍了一张又一张。再来再来！女的又喊。工人姐姐继续拍，一百张了都有。

我环顾了一下四围，除了这两个女的，还有两个女的，也是工人姐姐的样子，站得很远。

下一点！再下一点！女的喊，风太大，她的声音在风中飘摇。工人姐姐蹲了下来，连拍十张。

我一咬牙，从她俩的中间蹿了过去。那个女的用力瞪我一眼。我没回头。

就是一个大平台，什么都没有的大平台。

靠住平台的栏杆往远方张望，很多高楼，很多高山，高山夹着高楼，高楼夹着高山，我顺时针地走了一圈，又逆时针地走了一圈，然后给珍妮花打了个电话。她没接。

太平山顶见。她发短信给我的时候就是这么说的。

现在我不就在太平山顶？她人呢？难道有两个太平山顶？无

数个太平山顶？游客的太平山顶，居民的太平山顶？穷人的太平山顶？富人的太平山顶？不同人有不同的太平山顶？我想得真的有点多了。

拍照的女的突然不见了，为她拍照的工人姐姐还在，和另外两个工人姐姐一起，挤在一个角落，嘻嘻哈哈，绝对不打扰别人的那种嘻嘻哈哈，原来是三位工人姐姐的一日假期。不知她们的名字里有没有P 、E 、A 、K 。

我又给珍妮花打了一个电话，大风灌进了嘴。珍妮花还是没接。

下电梯的时候珍妮花的电话来了。抱歉抱歉，她在电话里说，我这就上来了。

你的名字里……我话没说完，她那边挂了。

我又转了一圈糖果店，那个女的还直直地站在收银台后面，眼珠都没有动一下。

布巴甘仍然关着。

我又下了一层，一个比萨店，也关着。旁边站着一个男的。来啊，来啊。他冲我说，不要钱。

我看着他。

不要钱，他又说。

比萨店开吗？我问他。

会开的吧？他反问我。

我推了推比萨店的大门，锁得很紧。

进来打卡拍照啊。他说，不要钱的。

我跟着他进入了一个曲折的走廊，每一个拐角都有一幅画，很3D，很明显，让你拍。可是我不想拍，不要钱也不想拍。我很快地走过了那些拐角和画，每一个大拐角都有两个男的等在那里，手里都拿着相机。拍照吗？拍照吗？他们的内心一定是这样的。不想拍，不想拍，我的内心是这样的。

我转出了走廊，简直是用跑的。

太渴了，我得买瓶水。我就是这么想的。可是没有一间店卖水，而且几乎所有的店都关着。我左看右看，一个箭头指向汉堡王。我跟随箭头走了个半圆，推门，出到一个露台，一间被围到扎扎实实的汉堡王，谁都进不去，还竖着一个告示牌：请从另外一个门进入。我转了几圈都没找到那个另外的门。

再下一层电梯，我就回到了我来的地方。游客中心有没有人？我肯定看了一眼，但我竟然不记得了。就好像我肯定经过了一间蜡像馆，但我也不记得了。渔人码头肯定也有一间蜡像馆，好莱坞也有？全世界的蜡像馆我都不记得了。

走着走着就看到了一间太平洋咖啡，倒是开着，可是我也不喝咖啡，这么想着，我在咖啡馆门口掉了个急转弯，店员的目光灼热，目送我的背影好远。如果有一位客人，如果有一个订单，他就不会这么有空了。

我重新经过了游客中心，再往前走一点就看到了一间糖水店，所有的糖品都放在外面，可是没有店员。我往柜台里面看了看，真的没有店员。倒是有一个家庭，一个父亲，一个母亲，带着两个孩子，坐在一个没有店员的糖水店。我看了看他们的吃的，鸡蛋仔配冰淇淋，很难吃的样子，父亲和母亲还有孩子，全部板着脸。

然后我就走出了建筑物，一个大广场。我往左边看去，一栋非常新的建筑物，比我刚才转来转去的这栋新多了。我往右边看去，一条斜路，似乎通往一幢白色房子，我在平台上见到过那幢白房子，一定是个有钱人的房子，那时我就是这么想的。就是个有钱人的房子，我肯定了我想的。我往中间看去，一节摆在那儿不动的缆车，我就突然想起来了史努比广场的那个黄色校巴，坐完了史努比船，我和珍妮花上了那个校巴，一人一个座位，我坐前，她坐后。热死了。她说，我们去吃点甜的。你为什么这么喜欢吃甜的，我说。开心啊。她说，本来不开心的，吃了甜的就不那么不开心了。我们就一起去吃甜的了。太平洋咖啡的露天位，吃的什么甜的我不记得了，我就记得冷气十足，冻得我坐立不安，珍妮花倒有一条披巾，还是爱马仕的，她那把条披巾斜斜披了一半肩，都不像珍妮花了。

再往中间的左边望去，一间太平山餐厅。再往中间左边的左边望去，一间意大利餐厅，意大利餐厅的对面就是那间我推过门的比萨店，原来比萨店也有两个门。不知道为什么，只有意大利餐厅给了我很贵的感觉，我就走过去看了看菜单，果然不便宜，每个菜都是新港价格。

新港的那间意大利餐厅，我经常路过，但只去过一次，还是珍妮花带我去的。

美食节！珍妮花是这么说的，一年一次的美食节！意大利餐厅今年参加！

孔府参加吗？我问。

孔府参不参加我不关心，珍妮花说，意大利餐厅我是一直有关注的。

我也不太爱吃意大利饭，我说。

前菜主菜甜品还有一杯酒！珍妮花说，有酒精的那种酒。

我不喝酒，我说，我也不吃甜的。

可是一套才一个主菜平日的价格。珍妮花说，只有在美食节。

多少钱？我问。

二十九块九毛九加税，她说，才。

一套我也不去，我说。

你一定会后悔的！珍妮花说。

我还是跟着珍妮花去了。果然没有后悔，把虾放在薄脆比萨上面的主菜，我真是头一回吃，之前我吃过的比萨都是比我写的书还要厚的那种。我也就记得主菜，甜品和酒，我忘了，也许酒是盛在水晶杯里的？大中午坐在街边的一全套意大利饭，珍妮花的脸都闪闪发光了。我就记得这个。

我后来梳理了一下我与珍妮花的不同。

珍妮花有钢琴，我没有。

珍妮花擦眼霜还吃维生素，我饭前不喝汤饭后还不吃水果。

珍妮花穿0号，我穿4号？还是14号？

珍妮花睡前一杯红酒，我牛奶，还得是热的。

珍妮花还有个零钱包放零钱，我没有零钱包，我连零钱都没有。

太多了。

还有甜的。那次去完香港公园，我们过了马路，下扶手电梯，就是工程师校友会我下的那条电梯，也是我问一个男的喜欢男的还是女的的那条电梯。我们去吃东西。珍妮花在那条扶手电梯上说，楼下好多馆子。

楼下不是好多化妆品店吗？我想说。我没说出来，我不确定楼下有什么。

楼下果然好多馆子，没有化妆品店，一间都没有，我开始怀疑我的记忆，哪里出错了，腮红和高脚椅，毕竟那个腮红我从来没有用过，也再没有见到过。

珍妮花请我吃OOO汉堡，一口就饱的那种大汉堡。

吃到一半，我说我实在吃不下了。

这可是全香港最好的汉堡，珍妮花说，七十块钱一个。

我把那个汉堡吃下去了。

现在我们去吃甜的吧，她说。

你还吃得动？我说。

吃不动，珍妮花说，但我就想吃甜的，冰淇淋好了，我请你。

我就跟着她去了冰淇淋店。

香草，我对店员说。

你总是要香草，珍妮花说，你也尝尝别的口味嘛。

就香草好了，我说。

这可是手炒意大利冰淇淋，珍妮花说。

香草的手炒意大利冰淇淋，我对店员说。

你要尝试不同的滋味，珍妮花说，你试过了一千种滋味你还是要香草，那样的香草才是值得的。

那球不是香草的冰淇淋好不好吃？我有没有全部吃下去？我不记得了，我能够记得的就是珍妮花要的是巧克力，霍博肯那次也是巧克力，于是我突然想起来那间冰淇淋甜甜圈店，叫作巴斯金罗宾斯与唐纳滋。

珍妮花的电话来了。我们去吃点什么？她说。

吃比萨吗？我说。

不要，她说。

意大利面？

我就不想吃意大利馆子，她说。

汉堡王？我说。

山顶只有麦当劳，没有汉堡王。她说，我记得很清楚。

你记错了，我说，只有汉堡王，没有麦当劳。

只有麦当劳，她坚定地说。

只有汉堡王，我坚定地说。

你等我上来，她说，我指给你看。

我一直在等你上来。我说，你快到了吧？

还在等车，她说。

回到建筑物，我想我必须得找到那间汉堡王，然后我就看到了汉堡王的指示牌，一圈旋转楼梯，上一层，直接到达了汉堡王的另一个门。

我买了一杯汽水，坐到最靠里的位置，拍了一张清晰的汉堡王传给珍妮花。正在拍，来了两个人，坐到我旁边的座位，汉堡薯条洋葱圈，应有尽有，确实有人上山顶吃汉堡王。

全世界的汉堡王，我最记得新港的那间，有一天下大雪，突如其来的大雪，冰箱里连半棵白菜都没有，我就上新港购物中心了，所有的店都关着，连最底层的麦当劳都关了，走到第三层，电影院旁边，汉堡王还开着，黑暗中微亮的汉堡王，排队的人排到了第二层，好像全新港的人都冒着大雪来买汉堡王了。

排了一个钟头，放弃了。

过天桥回家的时候发现一个轻食店还开着，排队的人没有汉堡王多，我就排那条队了。

食物中毒一个星期以后，我和珍妮花一起去购物中心，我指给珍妮花看那间轻食店，我说就是这家！

那你要投诉他们吗？珍妮花说。

怎么投诉？我说。

不知道啊，珍妮花说，你过去问一问？

太麻烦了，我说。

我们就一起路过了那个店，我都不敢再看它一眼。

如果是汉堡王，如果排下去，再排下去，我排到了汉堡王，就不会食物中毒了。我放弃了汉堡王，我食物中毒了，简直是命运的安排。

我到布巴甘了。珍妮花电话我，你也上来吧。

为什么布巴甘？布巴甘开了吗？我想问，但我没有，我马上放弃了汉堡王的汽水，上楼。

布巴甘果然开了，开了的布巴甘如同那一整层的火花，都闪闪发光了。

“old age is not for sissies”

一落座，我先看到的是珍妮花后背墙上贴的这句，然后才是珍妮花。

十年，她一点没变，准确地说，十五年，从我见到她的第一面，她就没变过。

怎么这么快？我说，刚才还说在等车。

我搭的士上来的，珍妮花说。

我搭缆车上来的，我说。

等下你也可以搭别的下去，有大巴也有小巴。珍妮花说，沿途可以看看风景。

我想说我又不是一个游客，但我什么都没有说。

我还是搭缆车下去，我说，搭缆车不要钱。我就是这么说的，如果你的名字里有个E。

珍妮花埋着头看菜单。

如果你的名字里有个E，我又说了一遍。

虾好不好？珍妮花一边看一边说，来这儿就得吃虾嘛。

我不吃虾，我说。

服务员捧着一只桶走了过去，走到珍妮花后边的那桌，把桶倾倒下来，桶里涌出来了一些虾，服务员小心地把那只桶保持了一个倒着的姿势。

我不吃虾，我又说了一遍。

珍妮花回头看了那个倾倒的桶一眼，说，我们可以要那种四个口味的虾。

我现在不吃虾了，我说。

再点个牛排，珍妮花说。

我看了看珍妮花翻菜单的手，一颗巨大钻石在她的手指间闪耀，我可以肯定，那颗大钻石是到了香港以后才有的，我们都还在新港的时候，她的那颗钻石绝对没有这颗大，简直是三倍大。

我也不吃肉了，我说。

你怎么了？珍妮花合上了菜单，你以前不是最喜欢吃虾？

我有吗？

你跟我说过世界上最好吃的虾，珍妮花说，有一天你去一个海边，可能是圣克鲁兹吧，你说你忘了哪个海边，你想着吧都到海边了，就吃点海鲜吧，旁桌的人都点了虾，就是这种一桶一桶的虾，你就点了一桶虾。

我去了海边？点了一桶虾？我说。

太好吃了！你说，好吃到还没尝到滋味就吃完了。

我看着珍妮花，现在我有点想起来那桶虾了。我觉得那桶虾好吃是因为我没有再点第二桶，我没有把这一句说出来。

我胖了吧？我说。

是胖了，珍妮花说。

我4号的时候想买好多好看衣服，我说，可是我那时候不舍得花钱买衣服。

你不喜欢买衣服，珍妮花说，你根本就不喜欢买东西。

现在我14号了，我说，全世界的好看衣服给我我也穿不下了。

哪有14号嘛，最多8号。珍妮花侧过头看了我一眼，说，我也都0号了。

你不一直0号嘛，我说。

我一直0号Petite的好不好！珍妮花白了我一眼。

我不吃虾，我又重复了一遍。

再点个甜的吧，珍妮花说。

“如果客人要香草，就给他香草。”她后背的墙上还有这么一句，就在“old age is not for sissies”的上面。

服务员又捧着一只桶走过去，走到珍妮花后边再后边的那桌，把桶倾倒下来，那只桶也在桌上保持了一个倒着的姿势。

请问有没有儿童餐单？我叫住了正在回走的服务员。

为什么要儿童餐单？服务员看着我。

至少儿童餐会有那些Grilled起司什么的吧？我说，Macaroni起司也行。

我们有素食餐单，服务员说，我这就给您拿过来。

我就给自己要了一份素汉堡。

汉堡先来了，装在一个很不平的大圆盘，还有一些薯条，和一条腌黄瓜。

我们分享。我一边说，一边切那个汉堡，盘子就在桌子上打起转来，我切了半天都没把那个汉堡切成平均的两半。

我感觉到珍妮花皱着眉头看着我，我没抬头，我继续切。

虾也很快来了，四束看不出分别的炸虾，装得像一束花那样地来了。服务员小心地把那束虾花摆在珍妮花的面前，还有一瓣黄柠檬。

珍妮花皱着眉头看着那些虾。

太多了，她说，我肯定吃不完。

我就把打转的圆盘拉了回来，拿起腌黄瓜。非常淡，非常淡的腌黄瓜，都不像一条真正的腌黄瓜了。

一百三十八元再加百分之十服务费，我在心里面想，这个布巴甘汉堡已经完全超越了那个七十块钱的OOO汉堡，还是素的。

我把整个素汉堡都吃下去了。

我们忘点酒了！珍妮花惊呼。

我也不喝酒了，我说。

看看风景，喝点酒多好，珍妮花说。

我看了看窗外，山和山，也没什么风景。

要不冰沙？我说，看看风景，喝点冰沙。

冰沙盛在两个闪闪发光的杯子里来了，真真切切的闪闪发光，红的蓝的绿的，闪到我都不能集中注意力了。

后边的桌子也要了一杯闪闪发光的冰沙，后边的后边也要了一杯。

旁桌来了两个女的，看起来都有四五十岁了，她俩没要发光的冰沙。

这个闪的意义是什么？我说。

要是晚上就会特别有气氛，珍妮花说，闪得也会比现在好。

特别是那些来山顶谈恋爱的，珍妮花补了一句。

为什么要来山顶谈恋爱？我说。

那去哪儿谈？珍妮花反问。

我想了一下，确实没想到一个地方。

旁桌的菜来了，一份硕大的猪仔骨，两个女的立即站起来拍照，左拍右拍，近拍远拍，边拍边走，边走边拍，走着拍着屁股就抵住了我们的桌子。珍妮花目不斜视地吃了一口虾，我也假装毫不在意地吃了一根薯条，实际上我的内心都要爆炸了。

牛排没下单吧？我问珍妮花。

没，珍妮花说，但我肯定要个甜点。

我看了看珍妮花的虾，几乎没有动。

起司蛋糕？我说。

不要，珍妮花说，看起来太重了。

我注意到旁桌的女的把她们的菜斜斜地捧到脸旁拍照，拍好了放放好，再换一个人拍。这都十分钟了，她们还没吃一口。

你看那个《四十困惑》没？我说。

看了几集，珍妮花说。

我一集没看，我说，就看了一张剧照，好多爱马仕。

我就是爱马仕啊。珍妮花把她的包包晃了一下，又放回座位。

我情不自禁地把我的马克雅克布往身后移了一移。

爱马仕好用吗？我说。

也没什么，珍妮花说，我就当买菜包用用的。

我这个包包装过一个爱马仕。我说，有一天我去一个会，门口竟然布置了一道小瀑布，我正要把包包顶在头上冲过去，一个女的在我前面，进也不是，不进也不是。我就说要不你把你包放我包里，我包把你包带进去。我就把她的爱马仕带过那道瀑布了，一点没湿。

珍妮花笑了一声。

你现在好多富朋友吧？我直接地问。

永远都有更富的人，她说，有一天我去一个会，会太无聊了，我就跟坐旁边的一个女的闲聊，春假去哪儿玩呢？那个女的说，也没什么地方可去，就拉斯维加斯吧。我说拉斯维加斯还好，就是要转机。那个女的不动声色地说，也还好，自己家的飞机。

我大笑起来。笑得旁桌的两个女的也多看了我一眼。

你笑什么？珍妮花说，她家真的有飞机。

我不笑了。

甜品上桌了。一块巨大的巧克力饼干，上面两堆冰淇淋，还有奶油。

这不更重吗？我说，这块饼干都有你的脸大了。

只吃冰淇淋好了，珍妮花说，下面的饼干不要吃了。

服务员把几乎没动的虾和完全没动的饼干收走以后问我，杯子你还要不要？

我说不要。

可以把灯关掉的，服务员说，我帮您洗洗？

我想了一下，说，不要。

服务员离开以后我把手伸到杯子下面去找开关，终于把那些光关掉了。

有一次我去圣克鲁兹海滩旁边的那间布巴甘，我说，不是饭点，没什么人，我排在第一位，服务员当然也看到了，因为只有我，而且我排第一位，然后来了几个当地人，就这么插到了我的前面，服务员也若无其事地先把他们领进去了。

后来呢？珍妮花问。

我又等了一阵，一个服务员才来领我，我说，下午三点半，窗边都空着，一个客人都没有，但是她指示我坐到一个昏暗无比的中间位，为什么昏暗无比？我头顶上的灯坏了。

她故意的，珍妮花说。

她故意的，我说，我就站起来走了。

你为什么不争一下？珍妮花说。

我争了。我很得体地问了，不好意思请问可不可以换到窗边？

她拒绝了。

我就站起来走了。

我想的是，我再也不去布巴甘了。

一个旅游景点的饭馆，珍妮花说，你还有什么指望。

所以我本来对这家也没什么指望，我说，但他们刚才说给我洗杯子。

因为我们讲英语吧，珍妮花说，你去试试讲普通话。

还记得那间让我食物中毒的店吗？我说。

珍妮花点头，说，差一点送你去急诊室，因为你怕烦也就算了。

因为在新港，我说，也怕烦。

要在香港你就不怕烦？珍妮花说。

也怕，我说，不是自己的地方，哪儿都烦。

我也没有自己的地方，我补了一句，总有一种寄居地球感。

我的名字里没有E，珍妮花说，珍妮花只是我的英文名字，我身份证名字里没有E。

你身份证上不会是李小花吧？我说。

珍妮花笑了一笑。

那你还有个A呢，我说，两个A。

下电梯的时候珍妮花说要带我去找那间麦当劳。

真的有一间麦当劳，她说，我要指给你看。

我有点不想去，但我什么都没说。

再下一层的时候我看到了墙面上画着的428，我就问珍妮花，这儿为什么到处都写着428?

我就没想过这个问题，珍妮花说。

然后珍妮花掏出手机，对着手机用纯正的普通话说，太平山，428。

珍妮花的手机告诉她，这儿的海拔428。

我们一起失落地哦了一声。

682

如果不是管钥匙的同事要锁门，我可以加班到十二点钟的。但他坚持说他今天一定要在今天到家，不能到明天，现在就要锁门。我只好马上下班。

从公司大门出来，十点五十五分，天还没全黑。我很少注意天色。但是我今天注意了一下天色，看不出来颜色，反正不太黑。

我一般会叫一辆的士，到家也就四十分钟。突然又想去搭巴士，最后一班682，十点五十五分从柴湾开出，十一点十分左右就会到达怪兽大厦站。

公司就在怪兽大厦的对面，走过去十分钟。

穿过一个天桥，一条小斜路，比很多路都要黑很多的路，两边原本有一些餐馆，日料店越南粉店东北饺子馆，至少我一年前来这家公司上班的时候它们还有，也就这一年之间，所有的餐馆都不见了，茶餐厅都没有了，我的早饭只好变成了便利店的三明治，一年三明治。有时候也会怀念一下餐蛋面冻奶茶，蛋要反蛋奶茶要走甜。偶尔。最怀念一间贝果店，一个店员，又收银又烘贝果。小茴香籽的贝果配软奶油起士，我也吃了几天好早饭。中午我就去一间泰国店，豆腐汤配米饭，有一天约了一个同事一起去，我也不知道我为什么要约同事，我就是突然约了一个同事。我看着他从豆腐汤里面捞出来了一条钢丝球丝。我再没有去过那间泰国店，我也再没有约过同事。有个同事跟另外一个同事日久生情，开始交往，其中一个就走了，另外一个后来也走了。不知道他们最后有没有在一起。反正我是不会离开这间公司的，我猜测别的同事们也都这么想，所以后面我就一个人去吃一家云南过桥米线店了，有一天搭台的时候又搭到了那个同事，面对面的，只好一起讲了讲老板的坏话，讲了快十分钟，米线还不来，我的没来，他的没来，旁边的人的也没来。

我去后面看一看，同事说。他就去后面看一看了。

后面没有人。他回来以后跟我说。

那么我们还要不要等？我说。

等吧，他说。我们就再讲了一讲老板的坏话，有的话好像讲过了，但也不大记得了，只好再讲一遍。

又过了十分钟。

我说我去后面看一看吧。

他说别，你坐着，我去看。

他看了以后回来跟我讲，后面还是没有人。

那后面有什么？我说。

一个大锅，他说，水都烧开了，可以下米线了，可是没人。

旁边的人也不动，一屋的人都不动，也没有人催。一点声音都没有。

不等了吧？我说。

他犹豫。要是米线又来了呢？

这都半个钟头了，我说，就算是来了我们也有点来不及吃了，即使我们快一点地吃了米线，你的冻柠茶我的冻奶茶也来不及喝了，冻的还加了三块钱不是？即使我们快一点地吃了米线，快一点地喝了茶，我们也来不及回公司了。除非用跑的。

可能用跑的都要迟到了，他说。

迟到一分钟扣多少钱？我说。

你扣多少钱？他反问。

你扣多少钱？我又问回去。

如果他告诉我，我就能推算出他的工资，但是他不会告诉我的。所以我也不会告诉他我的。

我们就一起站了起来。

要跟前台说一声吗？他又说。

说什么呢？我说。

就说我们不吃了，如果米线还没有下的话。

你觉得我们的米线下了吗？我说。

下没下都得说一声吧，他说。

可是前台也没有站在前台，不知道去哪里了。他就又去后面了。我站在门边，等他。

他回来以后跟我讲，前台也不见了，刚才还在的是吧？现在不见了，后面也没有。

锅还在吗？我说。

锅还在，他说。

水呢？

水开了，可以下米线了，他说。

那我们走吧。

我们就一起移开了米线店的趟门，出来了。同事把趟门移回去的那个瞬间，我最后又看了一眼，其他人还在里面，坐着，也不动，也没有人催单。

我跟同事对看了一眼。我说如果现在就开始跑，我们有可能不会迟到。

他说那赶快跑吧，但他要走另外一条路，我说还有另外一条路？

他说是的还有另外一条，他要走那一条。然后他就走了。

我也没跑，我按照正常的速度走到米线店对面的那条街，可能还比平时更慢一点，那条街要上几级台阶，穿过一个湿漉漉的废纸收购站，再下台阶，穿过一个停车场，再穿过一条大街，才到公司楼下。加上等电梯的时间，我肯定是迟到了。

既然是迟到了，扣一分钟的钱或者扣一个钟头的钱都一样了。

我就在后巷站了一会儿。

后巷就是所有人抽烟的地方，一般是一个人抽，也有两个人一起抽，男的和女的，就跟春娇志明一模一样，也有抽电子烟的，抽电子烟的都是一个人，对着一个垃圾桶，其实是不需要垃圾桶的，抽真烟的才需要，可是抽真烟的都靠着墙，抽电子烟的都对着垃圾桶。

我不抽烟，我有时候走后巷是想看看我憋气有没有问题。

网上说如果你憋气憋十秒还不喘，你的肺就不用去看医生。我不喘，后巷五十米，我十秒走完，完全不喘。

但上个月我喘了，我就去看医生了。

十秒憋完不仅喘了，还呼吸困难了，还心痛了。所以我看的是心脏医生。

看心脏专科医生需要推荐信，我就先看了全科医生。好像也就是这一个月，我家楼下突然开出了三间诊所，一间中医两间西医。太突然了，就像雨后春笋似的。

两间西医我都看了，第一间是一个年轻人，不是说这一间就一直是年轻人，只是我去的那个时候正好是一个年轻人，他说血压太高了，给你开点药？我说那我要看看心脏科吧？他说那肯定要啊，然后给我写了一张转介信。

隔了三个星期，我还没有去看心脏医生，我有推荐信，但我不去看，我也不知道是为什么。

我就去问了一个朋友。你呼吸困难吗？

困难啊，她说，有一阵子我都快上不来气了。

会不会是更年期啊？我说。

她说不是。

现在都早更了啊，我说，现在的女的普遍过了四十岁就更。

她说她不更。

那你看医生了吗？

医生也没说我更，她说。

那医生说你什么了？我说，你为什么呼吸困难？

我查了甲状腺，做了心电图，照了胸片，她说。

我把这三点记了下来。

医生说我没事，她说。

那医生有没有转介你去看神经科啊？我说。

精神科，她说，精神科。

那医生有没有转介你去看精神科啊？我说。

我不要看精神科，她说。

那你为什么呼吸困难？我说。

我不知道啊，她说。

我说哦。

我现在好一点了，她又说。

我说那你注意休息，保重身体。

她说你也注意休息，你也保重身体。

我又给另外一个朋友打去了电话。你呼吸困难吗？

她不屑地说，我那是神经性的。

还有不神经性的？

那就是物理的，她说。

哪种更严重？

物理的，她说，如果检查出来真是心脏有病，那就是物理的。

可是感觉是一样的吧，呼吸困难的感觉，心痛的感觉。

那肯定神经性的更严重啊。她说，

要物理的没这么痛，她说，心是不会痛的。

物理的心是不会痛的，神经的心才痛。她又补充了一句。

心在哪边？我突然问。

左边吧？她说。

我右边痛啊，我说。

那就不是心嘛，她说。

右边有什么？我问。

右边什么都没有嘛，她说，你去网上查查？

会不会我心脏长在右边的？我说。

不会吧，她说，你去查查。

查查，我说。

我去网上查了一下，胸的右边确实不是心脏，如果痛的话，可能是肌肉拉伤什么的。

这个时候第二个朋友给我发来了一条短信。

如果你觉得你不好了，她说，马上叫白车，不要觉得不好意思，第一时间叫白车。

我已经准备去看心脏医生了，我说，我已经看了全科医生，写了转介信。

看哪个？

还不知道啊，我说，本来想在网上查一查。

那你信发我看看呢，她说。

看了以后她说不行，这个信档次太低了。

我说医生转介信还有档次高档次低的？

根本就是啥都没写嘛，她说。

全科医生不都是这样？我说，他们就是这样。

你这个信拿出去专科医生会看不起你，她说，你哪儿看的全科嘛。

我说楼下，打电话马上约到就去了。

以前看的那个呢？

我才突然想起来，我以前的那个全科医生，我在上上个月看过他了，他也给我写了转介信。为什么我就能把他忘了？忘得干干净净的？我想了好一会儿，想起来了，他说如果你讲不清楚你有什么问题，你就让能讲得清楚的人陪你一起来。

这个医生跟我有五年了，差不多一年见一次。

说起来要跟这个医生，还是由于五年前我看的那个医生，因为每次都要等，预约了还要等。有一次他的护士就问我，你还想等吗？

我说我不太想等。

她说那你就去另外一个医生那里吧，然后她把另外一个医生的名片给了我。

我就去了另外那个医生那里。

我有想过这两个医生之间的关系，如果不是亲戚的话，怎么会做这个推荐？护士也把另外的医生的名片给了其他不想等的人，这些人还挺多的，包括我。

五年以后，另外的医生终于说，你讲不清楚啊，这五年你都讲不清楚啊。

然后我家楼下的诊所们就雨后春笋般地冒出来了。

然后我就去看了其中的一间，但是我的一个朋友讲转介信写得不好，档次太低了。

然后我就想如果我再看回那个另外的医生呢？离我有一站路而且在一个昏暗小商场里面，说我说不清楚的那个医生？我为什么要在五年前说那么一句我不想等呢？我真有点后悔了。

现在我完全想起来了。我是因为喉咙痛去看他，我怀疑我咽炎淋巴炎呼吸道炎。

他说淋巴ＯＫ呼吸道ＯＫ有可能是消化道，胃酸倒流到喉咙，喉咙就痛了。

我说咽喉不发炎吗？

他说他不知道不理解也没听说过什么叫作咽炎。

我说医生你睇多次好唔好？我觉得我全身都发炎。

他很生气地说，是不是想知道有没有肺炎！那要去医院！

我赶紧说我不想。

他就给我开了一张转介信。

我记不起来是因为那张转介信不见了。转介信不见了，我也就把一切都忘了。

想到这里，我就直接去了楼下的另外一间西医诊所。两间诊所紧挨在一起，门与门的距离不超过十厘米。

看到医生的那一个瞬间我就知道他是一个好医生。即使他戴着口罩和面罩我也能看出来，他很老了，那个眼神肯定是老人才有的，特别慈祥。

他问我最近去哪儿了没有？

我说我三个月前还在什么地方来着。

他说那么久以前的事情还去想它做什么。

来，量一量血压。

我说我不可能高血压啊，我从来都没高过，我五年前都不高的。

他说那你现在是五年前吗？

我把手伸了出去。

血压量下来是高。

要吃药吗？我问。

不用，他说。

为什么不用？

药是可以随便开随便吃的吗？他说。

那我要看心脏专科吗？我说。

看一下吧，他说。

什么时候？

不要拖得太久，他说，但也没有必要马上去。

我连连点头，觉得他真是一个金句王，好像什么都没说，又好像什么都说了。

转介信不是手写的，他在电脑上打出来的，满满的一页，最下面签了他的名字。

我跟他再见的时候又多问了一句，我真的要去看心脏科医生吗？他冲我笑了一笑。

我的朋友说这次这个转介信高档了，虽然是打印的但是用的可是花体，再看这一笔优雅签名，简直是行云流水。

我就带着档次高和档次低的两封转介信去看心脏科医生了。

我也不知道我为什么要都带上，前台一提转介信，我当然毫不犹豫地把高档的转介信拿了出来。

甲状腺，心电图，胸片。我是这么跟心脏专科医生说的。

为什么要查甲状腺？他反问我。

我无言以对。

血压倒是要检查一下的，他说。

我说好。

先做心电图吧，他说。

我说好。

还有超声波，他又说。

我说好。

心电图和超声波马上就做好了。

这是一颗很好的心脏，他是这么说的。

谢谢，我说，谢谢。

跟护士约一下查个血吧，他说，也约一个血压测试。

为什么还要查血？我是这么想的，但是我没有说出来，我和心脏医生再了见，就跟着护士去约时间了。

我要告诉你的是，验血你的医疗卡是不会包的，你得自己出，护士说。

那心电图和超声波会包？我问。

心电图和超声波也不包，护士说。

血压包？

血压也不包，护士说。

那我的医疗卡包什么吗？我说。

这个就要你自己打电话去你的保险公司问了。护士说。

我看着她。

还做不做？护士又说。

做，我说。

护士开始打电话约时间。

想到这里，我已经穿过了那条比很多路都要黑很多的路，到达了站牌。

十一点零七分，离巴士到站还有三分钟。

一个人都没有，对街的巴士站牌下面也没有人。

身后一排树影，要有点风就好了，就会有点树影婆娑的意思。

一丝风都没有，再过十秒就会有一群小咬爬上我的小腿肚。

我突然想起了那个同事。我站在后巷看了一会儿抽电子烟的抽真烟的再上楼，我的同事已经坐在他的桌子前面了。

我用余光扫了他一眼，他看都没看我一眼。

于是我坚信他没有迟到。

对我来讲事情只有两面，好的和坏的，没有不好不坏的，男的和女的，没有不男不女的；迟到和不迟到，根本就没有迟到一分钟两分钟三分钟这回事。一分钟扣一个钟头的钱，一个钟头零一分钟扣两个钟头的钱，迟到四个钟，不如请事假，但是请事假又不能超过四个钟，超过就算旷工。这个迟到的范围，浓缩到了第六十一秒到三个小时五十九分五十九秒之间，差一秒就出事。

看了看时间，十一点十分。巴士没有来。树影婆娑，隐约几缕花香，小咬们已经爬上了我的小腿肚。

蝶恋花。

我突然就想起了我转工的第一天早上。茶水间看到一碟花，蓝色的。我看着那碟花，看了好一会儿，一个同事进来，就是后来从豆腐汤捞出来钢丝球丝的那个同事。

这是什么？我问他。

蝶恋花，他答。

可以吃？我问。

冲水，他说，明目。

拿起一朵，问我，要不要？

我说我不要。他就放到他自己的杯子里，滚水冲开，一缕深蓝色瞬间冲出来。我觉得他杀了那朵花。

到了中午我又去茶水间，看见他在吃苹果，一把细致小刀，削出卷曲的苹果皮。

可以在公司吃苹果的吗？我说。

为什么不可以？他说，又不是只有我一个人吃苹果。

他没有问我要不要。也许是因为他只有一个苹果，也许是因为我还是一个新同事，不熟。

我们就加了个微信。他扫的我。

到了下午四点，我困得不行了，给他发了一个微信。

喝咖啡，他说。

会心跳加速。

我也会。

心跳加速？

嗯。

那你还喝？

一星期一次。

太节制了。

不是太喜欢，偶尔。

抽烟？

没有。你？

我也没有。你会但是没有？

一直都不会。

那你会什么？

只有抽烟不会。

跟你讲话好提神。

我知道你为什么和我说话。

为什么？

因为困。

那你为什么答？

礼貌。

不阻你做事了，我也做事去了。

我不会讲话，生气了？

你不是只有抽烟不会吗？

现在多一样了，他说。

这就是第一天，我加了一个同事的微信。后面我没有加任何一个人，同事们都用QQ互传文件，传完就完了。

十一点十一分，巴士还没有来，这是很少见的。我开始怀疑这班682是不是早就被取消了，毕竟我也很久没有搭了。

街对面的二十四小时便利店还很亮，我在想我要不要过街去买一个三明治，又觉得我离开的那个瞬间巴士就会来。于是我没有动。

公司的人都不按照饭点吃饭，第一天我就发现了，他们也不按照下班的点下班。

为什么到了点大家都不走？我当然只能去问那位同事。

干活，他说。

什么时候可以走？

干完活。

我干完活了我可以走了吗？

再干一点，他说。

所以我也是第一天就明了，这间公司的公司文化，不写在合约上全靠肉身体会的那种文化。我很快就跟上了所有人。如果不加班，我就会不自在，觉得自己不道德。

所以管钥匙的同事要锁门，要赶在当天回家，甚至都不能等到明天。我让他锁了门，我也不加班了我下班，我出了公司大门等巴士，但我心里面不痛快。

十一点十二分，巴士不来，我可以肯定巴士不会来了。我应该叫的士的，我搭什么巴士嘛，巴士二十三元，的士二百二十三元。我不愿意承认我的选择受到了两百块钱的影响。我是会被影响，但是如果是被两百块，这太让我悲伤了。

中午要不要一起吃饭？那是我第一次约同事，也就是他从豆腐汤捞出来钢丝球丝的那次。第一次，唯一一次，现在也知道了，最后一次。

你约我？他回。

我迟疑了一下，只好说是。

他说他有事忙，可能会忙过饭点，再出去吃就可能迟到，迟到就会被扣工钱。

我说那以后吧，以后再约。我明确地感觉到对他来说可能工钱更为重要，假如给他一道选择题，让他在扣工钱和跟新同事一起吃饭中间选一个，他一定会选择工钱。当然了这两项也没有什么可比性。

可是饭点前的十分钟他还是说他OK了，干完活了，可以一起去吃饭了。然后就发生了他从豆腐汤里捞出来钢丝球丝的事情。

准确地说，那根钢丝球丝还不是从豆腐汤里捞出来的，而是从他的嘴角边缘扯出来的。

我简直是无颜以对，虽然我也不知道是为了什么。

一辆682停在了我的面前，我都没有注意到它是怎么来的，我没有听见任何声音。

我踏上车板，拍八达通。没有声音。我翻开钱包，把八达通卡抽出来拍，还是没有声音。我又拍了一下，还是没有。

司机说下车的时候再拍啦。

我连忙道歉又再道谢，找到一个企位靠了上去。

车厢里满满的人。这么夜，竟还有这么多的人。不夜城啊，我靠上去的那个瞬间就是这么想的，不夜城。

第二次去看心脏科医生的时候他告诉我血液检查很好。血糖正常。他是这么说的，没有糖尿病。

我说所以这个抽血查的是糖尿病？

他说是啊，你没有糖尿病。

我血糖正常，我重复了一遍。

你血糖正常，他重复了一遍。

我想起来上班快要三个月的时候，某个中午，突然手开始抖，抖得很厉害。

你那儿有糖吗？我给那个同事发了一条微信。

什么样的糖？

什么样的都行。

甜的就行？

对，多谢。

他给了我一颗糖，不知道他的糖从哪儿来的，我也没有问过他。一颗糖，我的手就不抖了，后来也没有再抖过。但我也再没有给他发过微信，转眼就是一年，这一年之间，所有的餐馆都不见了。

黄蜂爬在手臂上

从公司大门出来，十点五十五分，天还没全黑。我很少注意天色。但是我今天注意了一下天色，看不出来颜色，反正不太黑。

我一般会直接叫一辆的士。突然又想去搭巴士，最后一班682，十点五十五分从柴湾开出，十一点十分左右就会到达怪兽大厦站。

公司就在怪兽大厦的对面，走过去十分钟。

上个星期我去看了心脏专科医生，心电图和超声波做完，医生要我做一个24小时血压监测。

护士打电话预约，马上就约到了。

就在旁边的楼，她是这么说的。

旁边哪个楼？我问。

护士看了我一眼，把那个地址用原子笔圈了出来。

就在旁边的楼，她又说了一遍。

我下到诊所的楼底，穿过一个商场，又穿过一个商场，左转右转又右转，才到达那个楼。

那个楼很多人排队上电梯，左边三个电梯，右边三个电梯，仍然人比电梯多。于是单层站左边，双层站右边，两个保安，一人负责一边电梯。

一个戴帽子的老太太被她的工人紧紧挽着，又紧紧地挨着我，我马上把我的位置让给了她。马上又来了一个戴帽子的老太太，连工人都长得一模一样。我没有再让。我排在两个老太太和两个工人的中间，这两个老太太肯定互相不认识，工人也互相不认识。她们都不说话，没有人说话。

电梯迟迟不来，我就去看贴在墙面的公司名牌，密密麻麻，全是诊所，要不是有架电梯突然来了我真的会去数一数有没有一千个。

没有人在我要下的那个楼层下，我只好从满满的电梯间挤出来。一阵眩晕，只要有人看我我就会有三秒眩晕，我知道我说出来也没有人会相信，我自己也快要不相信了。我稳了稳神，往走廊的深处走。

一间医疗器材公司，摆满了吸奶器，有手动的也有自动的。

我看了一遍手里的卡片，确实是这家。

我就推门而入了。

一个阿姐正在听电话，用眼神示意我坐下。我坐了下来。

电话里在讲呼吸机不工作的问题，我也旁听了一会儿。十分钟电话打完，呼吸机还是不工作。

再量一下血压。阿姐放下了电话，对我说。

我把手伸了出去。

不高啊，阿姐说。

那还要做吗？我说。

医生说要做就要做，阿姐说。拿出一张纸让我签名。

“动态血压监测是一种可连续在24小时内按照预设时间记录血压和心率的监测，在此期间病人可如常进行活动。”纸上第一行是这么说的。

我想说我还不是病人，即使查下来高我也不是一个病人。

但我什么都没说，我签了名。

你平常用哪个手？阿姐问。

我伸出右手，说，这个手。

要戴在不常用的手上，阿姐说。

我把右手放了回去，伸左手。

阿姐在我的左手腕上找到了一个点，用蓝色原子笔在上面打了个叉。

我看着那个叉。

戴上来了一个很像手表的仪器，黑色的。

不会影响你睡觉的，阿姐说。

为什么会影响我睡觉？我反问。

以前那种旧款是充气式，充气的时候很骚扰，阿姐说。

我想象了一下那种骚扰。

感觉还好？阿姐说。

还好，我说。

不会太紧？阿姐说。

有点紧，我说。

要紧一点，阿姐说，要不数据不准确，你就得再做一遍。

我说我不想再做一遍。

阿姐点头，又拿出一张纸，让我签名。

我正要签，她说你先看一遍再签，我说我看过了，我肯定不会自己把这个仪器拿下来的。

她说这一点很重要。

我说这一点很重要。

如果遗失了按金就不退，她说，两千元。

我埋头掏钱包。她说等会儿等会儿不急。

也不能进水，阿姐说。

我今天不洗澡了，我说。

洗还是可以洗的，她说，不要让水碰到你戴仪器的这个手。

我想了一下，说，我不洗澡。

也不要剧烈运动，阿姐说。

我不运动，我说。

运动还是可以运动的，她说，不要剧烈运动。

我说我平时就不怎么动。

她说好吧，签吧。

下楼的时候我不再眩晕，因为一个人都没有了。两个保安站在空空荡荡的大厅。我注意着自己的手臂，轻微地，自然地，垂直在身体的两侧。有的人走路的时候手臂可以摆到九十度，我经常碰到这种人，他们给他们自己制造了一个直径三米的圆圈，没有人想靠近那个圆圈。如果实在路面太窄人太多你进入了圆圈范围，你就得小心地绕过那些摆动，要不手臂就会真的打到你的肚子上面。

过天桥的时候有人看我，不止一个人看我，还有个跟我擦肩而过了还扭过头看的，我怀疑是因为血压监测器。一个不自然的手臂，和一个相对于任何手臂来说都算是巨大的黑色机器，要我在街上看到了，我也会多看两眼。

还在地铁上的时候我就觉得手不是我的了。看了看手机，这才过了十分钟。

还有人盯着我的手看，就坐在对面，简直可以说是死死地盯着。

我把手放在膝盖上，用围巾盖住。盖住了的手腕仍然又重又胀，好像一只黄蜂爬在手臂上。

过了三个站，我想把血压监测器拿下来，但我忍住了，再看手机，半个钟头都没到。

回到家，我用一只手给自己洗了澡，另一只手尽管伸高伸长，尽量不动。一动，就好像被黄蜂咬了一口。

我思考了一下不充气但是测得到血压的原理，就是一个磁点按住脉搏，要开始量的时候，那个磁点就更用力地按我的脉搏。还不如充气的。

就算是看恐怖电影都不能让我转移对这个血压监测器的注意，任何一件事情都不能。

而且我也真的失眠了，因为这个机器真的会骚扰到人。它不充气，但是它产生了和充气一样的骚扰。

我坐在床上，右手按住左手腕，内心挣扎。距离二十四个小时还有十六个小时。

醒来的时候天有点微亮，一看时间，凌晨十二点半，邻居们的客厅灯光都没有熄灭。

这世上竟有如此漫长的折磨。

到了早上我在手腕与机器之间挤进了一根手指，痛苦似乎缓解了。但是到了中午任何手指都挤不进去了，我目测手掌已经比之前大了两倍。也可能是我产生了幻觉。

所以距离二十四小时还有两个小时的时候我已经到达了医疗器材公司的楼下。

楼下地库是一间酸辣粉店，一间米线店和一间越南粉店，我上次来竟然没注意到这三间。

也有可能是因为手的知觉特别灵敏以后，牵连了别的器官的感受。

我去了酸辣粉店，店里很空，阿姐用下巴示意我跟她走。

我跟着她绕过整个店堂，角落一个单人位前，一个女的正在专注地吃酸辣粉。阿姐用下巴示意我坐到那个女的正对面。我望着那个女的，那个女的也抬起了头，望着我。我就拔腿离开了。

阿姐丝毫没有挽留我的意思，在我决定离开的同时，她甚至一脚插到了我前面，离开得比我还快。我仍然眩晕了三秒，肯定是那个吃酸辣粉的女的在看我。

我不考虑米线店，有可能是酸辣粉影响了我的判断，也可能是因为手的肿胀，我都有点恍惚了。

我直接去了越南粉店，店里也没有什么人，由于没有人，衬得墙纸特别绿。服务员示意我随便坐，我就随便地坐了下来。

特别午餐，各款粉面送热饮，冻饮加五块，面前的餐牌是这么写的。

我就对服务员说，一号餐走扎肉走鸡丝。

素粉更便宜，他说，素粉不在这张午餐餐牌上，可是比午餐便宜。

可是餐牌上的粉送喝的，我说。

他看着我。

我说我不要吃肉，但我要喝的。

素粉更便宜，他又说了一遍。

好吧素粉，我说。

想喝什么？他说，我送给你。

我说热茶。我不想喝热的，但是他要送给我，只好说热茶。

他说好。

我说再要一个牛油果米纸卷。

他说好。

看了看时间，距离二十四小时还有一个半小时。左手腕已经完全没有知觉了，我把它搁到桌上，用一张餐巾纸盖上，这个时候机器又测了一遍血压。

素粉吃完了，米纸卷还没来。

距离二十四小时还有半个小时，米纸卷还没来。

门外很多人走来走去，有的人去了酸辣粉店，有的人去了米线店，没有人进来这间越南粉店。

牛油果米纸卷上桌的时候距离二十四小时只有十分钟了，非常绿，非常绿的一个米纸卷。可能是绿，也可能因为满怀快要解脱的期望，我咬了一大口米纸卷，马上就有了一嘴肥皂的感觉。如果牛油果是生的，就会产生这种很真切的错觉。

所以他们刚才是去街市买牛油果了，可是买到了一个生牛油果，放了一个钟头二十分钟还是生的，再放可能还是生的，只好先卷起来端给客人。

一口生牛油果米纸卷，一口茶，第二十四个小时，就这么来临了。

推门而入的时候阿姐还在听电话。我坐了下来，双手搁到桌上。我想让她注意一下，两只手的大小已经明显不同了。

她马上放下电话，检查了一下血压监测仪。

还不能拿掉，她说，还有一次。

我看着她。还有一次？

监测仪显示还有一次没量，她补充。

什么时候量？我问。

到时候自然会量，她答。然后她也坐了下来，盯着那个监测仪。

我也盯着那个监测仪。所有的眼睛都盯着监测仪，手大手小都不重要了。

那三分钟，谁都没有呼吸。所以最后一次量完，监测仪拿掉，我马上就喘得上不来气了。

原子笔的蓝叉还在原位，好像更大了。

报告会直接递送到医生那儿，阿姐说，如果这次监测成功的话。

如果不成功呢？我说。

不成功也会直接递送到医生那儿，阿姐说，那你还得再来。

我不要再来了，我说。

那也得医生说了算，阿姐说。

我就推门而出了。

再看到心脏科医生已经是今天上午，报告显示血压监测是成功的。

医生把每一个项目都用红色原子笔画给我看，每一个都是成功的。

你没有高血压，他是这么说的。

我没有高血压，我重复了一遍。

你可以走了，他说。

我跟他说了再见关上门的那个瞬间，他突然抬起头说，你要开心一点。

我停在门口。

你要多出去走走，多动动，他说，你就开心了。

我关上了门。

所以从公司出来，我也觉得我应该多走走，多动动。我就不搭的士了，我去搭巴士，最后一班682，十点五十五分从柴湾开出，十一点十分左右就会到达怪兽大厦站。

从公司大门到达怪兽大厦需要穿过一条小路，这条路已经修了十年，一直在修。不是左边在修就是右边在修，有时候左边右边一起修，人就得从路的中间走，有时候后面还会跟着几辆车，人和车都不自在，因为人想快也快不起来，车也不能从人的上面碾过去。

过了六点，这条路就没什么人了，车也没有。两边的店铺也都关了好多年，什么都没有的一条路。半夜十一点走在这条小路上，就好像独自一人走在沙漠中。

这条路上曾经有过一间纸皮收购站，这个收购站曾经有过两只奶狗。奶狗长成小狗，小狗长成大狗，后来不见了。纸皮站也不见了。一切都发生在一年之间。对于狗来说，人的一天会不会是一年？所以修一条路，简直是修了一生。

到达怪兽大厦站牌下面的同时，巴士来了，正好十一点十分，一分不差。

我踏上车板，拍卡。没有声音。我翻开钱包，把卡抽出来拍，还是没有声音。我又拍了一下，还是没有。

司机说下车的时候再拍啦。

我连连致歉，上楼梯，坐到了上层第一排。

整个上层几乎是空的，第二排坐了一个人，第三排坐了一个人。没有人要坐第一排，如果巴士出事，上层第一排必死无疑。

我坐到了第一排。

穿过两个隧道，上层的人都下车了，我一个人坐在上层第一排。左手腕开始隐隐作痛。一到深夜我的手腕就会产生幻觉，好像血压监测器还在，每隔一个小时，它就会自动量一下血压。

过了隧道，巴士几乎没有停，我注意到司机飞了好几个站，没有人下也没有人上。

我感觉得到我能在十二点前到家，如果司机保持这个速度。又隐隐不安，觉得他也会在我要下的站飞站。所以快到站时，我摇摇晃晃地站了起来，按下了车钟。

司机飞了站，直往前开去。

我赶忙下楼梯，下到下层，看到两个男的站在车门口，车速飞快，这两个人都吊着拉手。

我要下车，我对这两个男的说。

他们一言不发。

我要下车，我转脸对司机说。司机专注地开车，开得飞快。

我要下车，我又说了一遍。

我们也要下车。两个男的的中间一个说。

飞站了，另外一个说。

要司机停车啊，我说。

他们一言不发。

我不知道下一站是哪里，我从未去过下一站。窗户外面黑乎乎的，像是过了一座山。

我看了那两个男的一眼，他们仍然吊在拉手上面。没有人坐下。下层几乎都是空的，最后排坐着一个人，那个人一动不动。

我也没有坐下。我也吊在拉手上，用我的右手，左手又开始痛。

似乎又过了一座山，因为我竟然看到了一串瀑布，雪白瀑布，巴士很快地经过了那串瀑布。

然后又是一座山。

这世上竟有如此漫长的一站。

巴士是突然停下的，车门也是突然打开的，车门开了以后那两个男人松开了拉手，很自然地下了车。

我走到车头，拍卡。司机望着正前方，一半侧脸都在阴影里。我拍了卡就从车的前门下车了。

巴士马上就开走了。

那两个男的已经走出去好远，我赶紧跟上。

一个男的走得快一点，在最前面，另一个慢一点，个头也矮小一点，他在中间，加上我，我还背着电脑，我也不知道我为什么会背一个电脑。如果不走一走，我都忘了我还背着电脑。

如果从半空中看这三个人，就会是一个省略号的一半。

这三个点保持着同样的速度和距离，翻过了一座山的山脚。

差不多走了十分钟以后，我们经过了一个夜排档，刚才巴士开过的时候我完全没有留意到那个排档。

但是一边走路一边看这个夜排档就特别醒目。一排假椰子树，挂了星星点点的红灯绿灯，还很大，我们又往前走了五分钟，这个夜排档仍然在我们的视野范围。

我突然想起来中二的夏天，有个女的约我晚上去逛夜摊。

我说夜摊有什么好逛的。

她说她也不是为了买东西，她就是想看人。我就跟着她去看人了。

人山人海的夜摊巷口，那个女的很灵活地穿了进去，不见了。我一咬牙，也穿进去了。

果然只能看到人，除了人，别的什么都看不到。就这么被人挤过来，挤过去，头昏脑涨的，出口都找不到。突然就被挤到了一个卖明星海报的摊头的前面，马上手里就被塞了一张卷起来的海报。

多少钱？抬了头问。也不知道看往哪里，所有的视野都被人和人挡住了。

送给你的，那人说。

依稀看到一个头顶，同班的男生，坐在最后一排，我跟他一个学期下来都没说过一句话。

我一手捏钱，一手捏海报，两只手都固执地伸长着，向他伸过去，伸过去，那卷海报都快要被我捏扁了。

不收不收，他大声说。

我就带着一张海报回家了，我也没有找到那个女的，后来我也再没有见过她。

那张小虎队海报也在墙上贴了一阵。那么那个男生到底是怎么知道我要的就是小虎队呢？我一边走过了那个灯红酒绿的大排档一边想了一下这个三十年前我都没有想过的问题。

我们又翻过了一座山。

我三百六十度地看也没看到巴士上看到的那串雪白瀑布。

看了下时间，十二点零五分，我没能在今天回到家，现在已经是明天。

前面那两个男的还越走越快，我真的要跟不上了。

第三座山的时候我彻底丢失了他们。电脑越来越重，手臂已经不知道量了多少次血压，密密麻麻的黄蜂爬在手臂上。

你要多走走，多动动。跟心脏科医生告别关上门的时候他就是这么说的，那你就开心了。

布鲁克林动物园

从公司大门出来，十点五十五分，天还没全黑。我很少注意天色。但是我今天注意了一下天色，看不出来颜色，反正不太黑。

凉风习习，说不出的惬意。

正想去搭巴士，一辆的士突然停在了身边。

我上了的士，总觉得有什么不对。

快要到海底隧道前，我想起来了，我说，师傅不好意思，我能回去拿个东西吗？

的士司机说，可以。

我说我忘了口罩。

他拿了一个口罩给我。

我连声说谢谢。

这样我们都不用再回去了。

我不想搭地铁，我主动说，人太多了，太危险了。

搭巴士也许好一点，我又说，如果你上车的时候就是那些人，你就接受吧。

但是搭巴士也挺危险的，我又说，像我昨天早上搭巴士的时候，我每天都是搭一班特快巴士上班，那班巴士跟另外一班巴士共用一个站牌，两辆巴士前后相隔三分钟，我的巴士是后面那班，晚三分钟的那班。昨天早上我正排着队，看着那辆别人的巴士，上面写着："新未来水饺！帮到地球嘅未来！"我就在想，水饺是怎么帮地球呢？想到这里我就拿起我的手机拍那个巴士，拍到第三张的时候，巴士里面的一个女的开始拍我。我为什么会注意到巴士里面呢？因为她一边拍一边冲我竖中指。天啊，我赶紧放下了手机，我向她比画我不是在拍她，我真的完全没有拍她的意思。她的中指持续地竖着，那可是我见过的最坚挺的中指。同时她持续地拍我，我能够肯定她拍了有一百张。要不是巴士启动，她肯定能够拍到三百张。

其实搭的士才是最危险的，的士司机说。

为什么危险？我说，今天早上我搭巴士的时候，又碰到那个女的了。她一路高举手机，并且穿一条很透的花裙子，短到膝盖上的那种，我想的就是，那可太不得体了。中环OL的上班衣服，一是不能露胸，二是不能露大腿。我开始怀疑她并不是中环的OL，尽管她搭的确实是去中环的巴士。那个女的一上巴士就爬到窗口开始拍我，拍得排我前边和后边的OL们都开始看我了。我只好去看巴士车身上写着什么，"思考未来嘅味道"，今天的巴士上面就写的这么一句。

搭的士才是最危险的，的士司机又说。

为什么？我说。

因为的士司机是最危险的，的士司机说。

为什么？我说。

的士司机到处去啊，的士司机说，的士司机哪儿都去。

也可以不去，我说，选择不去。

你是我今天的第三单生意，的士司机说，我有选择吗？

的士过了海。

一点都不塞，我说，这条隧道以前挺塞的。

哪儿都不塞，的士司机说，六点以后，街上一个人都没有。

六点前会塞？

六点前也不塞，的士司机说，哪个点都不塞。

师傅您竟然会讲普通话哎，我说。

那是，的士司机说，我以前可是在内地开厂的。

厂呢？我问。

卖了，的士司机说。

卖了？

我去美国了，的士司机说。

哦，我说，美国哪里？

布鲁克林，的士司机说。

布鲁克林是不是有个动物园？我说。

的士司机不说话。

布鲁克林好像有个动物园，我说。

的士司机掏出他的钱包，从里面抽出了一张驾照，递给我。

我说的是真的，的士司机说，我真的去了布鲁克林。

我看了一眼驾照，纽约的驾照。

您还把驾照随身带啊？我把驾照还给了他，说。

我真的去了布鲁克林，的士司机说。

是真的，我说。

可是我不喜欢布鲁克林，我喜欢香港，的士司机说，我就又回来了。

我也不喜欢布鲁克林，我说。

我妹妹家全家还在布鲁克林，的士司机说，他们都叫我再去。

我可不想再去了，我说，虽然我最好的朋友在布鲁克林。

是吗？的士司机说。

真的，我说，她就住在布鲁克林。

我回忆了一下她。

她请我吃煲仔饭，我说，整个中国城最好吃的煲仔饭。

中国城有好多卖煲仔饭的，的士司机说。

就那一家，我说，就那一家，而且买外卖带走的话他们会把煲都送给你，不要你还的。

真的，我又补了一句。

看那个楼，的士司机说。

我往外面看，好多楼。

这就是“四小龙”，的士司机说。

小什么龙？我说。

的士司机不说话。

我又望了一眼那些楼。看起来挺贵的，我说。

以前没这么贵，的士司机说。

要那么多钱干吗嘛，我说。

的士司机笑了一笑。也许他并没有笑，只是我感觉他笑了一笑。

有钱的人整天在想什么呢？我说。

有钱人当然是想钱啦，的士司机说，有钱人不想钱想什么。

那你还去布鲁克林吗？

我还在想，的士司机说。

你来了几年了？他突然问。

好多年了，我说。

那你为什么不会讲广东话？

我会讲广东话，我说。

说完，我有点不高兴，就拿出了手机，准备刷朋友圈。

竟然没有网络。我只好把手机又放回去。

我会讲广东话，我说，我布鲁克林的好朋友也会讲广东话。

的士司机专心地开车。

我布鲁克林的好朋友到布鲁克林的时候十四岁，所以她会讲英文，会讲普通话，也会讲广东话，我说。

如果我去她布鲁克林的家找她，她就会开车去中国城买煲仔饭外卖回来一起吃。我问过她要不要把煲还回去，她说不用，我就说那这些煲用来做什么，她说不做什么，然后我就看到她家的后院堆了好多煲。

我说的都是真的，我说。

的士正要穿过一个山隧。

过隧道要给钱的吗？我突然想到说。

要，的士司机说，我会把隧道费打进车费的。

我从来没有想过过隧道要不要钱，要多少钱？我说。

隧道都要钱，的士司机说，有的贵一点有的便宜一点。

过海的隧道最贵吧？我说。

也不全是，的士司机说，但有一条隧道要七十块。

不过你肯定用不到那条隧道的，他说。

我也不想用到那么贵的隧道，我说。

我有一阵子经常要用到荷兰隧道，我说，那时候我有个邻居，印尼人，有一天晚上她问我借十五块钱，我问她要十五块做什么，她说她怀疑她丈夫在跟别的女人幽会，她要开车去城里堵他。过海的隧道费是十五块。

的士司机聚精会神地开车。

她没有信用卡，我说，她自己说的她信用不好，所以信用卡公司不给她信用卡，她丈夫只给她精确的现金，如果她想要额外地过个海，她就得借钱。

她当然还钱了，我说，第二天一早她就还了。我没好意思问她有没有堵到她的丈夫，但她马上又问我借电话打了个国际长途，那笔电话费她没还，我也没好意思问她要。

布鲁克林大桥不要钱，的士司机说。

布鲁克林大桥不要钱，我说。

我布鲁克林的好朋友为什么是我的好朋友？我说，那天我们一起吃饭，她还是给了服务员更多小费。我说你这是为什么啊我说你看看你，怀了孕，辞了工，没了收入，你还不肯少给小费。她还笑，她说她高中时候就靠打餐馆工，客人给的小费就是全部的收入。

就几块钱嘛，她说，可是对服务员来讲好重要的。

她就是这么说的，就几块钱嘛，她自己都穷得要死了，所以我当她是我最好的朋友。

你朋友现在还在布鲁克林？的士司机问。

不知道啊，我说，我跟她失去联系了。

最后一次是她在第一天上班的路上给我打了个电话，她说宝宝满月了，她得上班了。我问她新公司在哪儿，她说新泽西。也就是说，她上下班的路得有四个钟头。我说你这是为什么啊你就不能再休息一阵吗？她说不行啊。她在电话里讲实在没办法啊，不上不行啊。

然后我就搬来香港了。

我儿子是普林斯顿的博士，的士司机说。

普林斯顿好啊，我说。

现在在科大，的士司机说。

科大好啊，我说。

Assistant professor，的士司机说。

挺好的啊，我说。

的士司机笑了笑，车拐了个大弯。

我又拿出了手机，不上一下微信让我太不自在了。

还是没有网络。这可真是太奇怪了。我把手机又放回去。

也许过了这阵我就回布鲁克林，的士司机说，我还在想。

布鲁克林肯定有个动物园，我说，我布鲁克林的好朋友带我去过那个动物园。

那个动物园太绿了。别的我都想不起来了，就记得绿，我和我布鲁克林的好朋友坐在一个很绿的草地上，我想要告诉她一个秘密，当然了那个秘密我现在一点也想不起来了。她说不要说，一个字都不要说，她说如果那些秘密让你痛苦，如果那些别人的秘密伤害你，你就要在最开始的时候就说不。我布鲁克林的好朋友为什么是我的好朋友？因为她的秘密已经伤害我了，当然了她的秘密我现在一点都想不起来了。我只想得起来我跟她讲，不说就不说，但是你知道吗咱俩其实站在一面镜子的两边，镜子破了，我们以为看到的还是自己。

的士司机继续沉默，我怀疑他根本就没有听说过那个动物园。

其实我搬来香港前哭了，在一个购物中心的三楼。我不知道我为什么要哭。我布鲁克林的好朋友给了我一张纸巾，她说好了好了，会好起来的，一切都会好起来的。

一切都会好起来的，我说。

我儿子说他不想再续科大的约了，的士司机说，他本来应该professor了。

哦，我说，那他要去布鲁克林？

的士司机不说话。

我布鲁克林的好朋友在布鲁克林有个房子，那个房子有海的味道，我都不知道布鲁克林靠不靠海，但是她的房子有海的味道，她的后院还有花，就是那个也放了好多煲的后院，有时候她在后院烤羊肉串。

我们住的apartment，的士司机简短地说。

Apartment好啊，我说，不用自己修房子。

我和我布鲁克林的好朋友去过一次科尼岛，我说，师傅你也去过科尼岛吧。

的士司机专心地开车。

科尼岛有大摩天轮，还有水族馆，但是没有动物园，我说，我布鲁克林的好朋友给我拍了好多照片，除了她，没有人会给我拍照片。

我拿出手机，想从朋友圈找一找照片。

突然想到，十年前还没有朋友圈。

而且还是没网络，上不了网，我把手机放了回去，我在想也许不是我的手机出了问题，也许就是这台的士有问题。

我们一起去了一个动物园，挺远的，所以肯定不是中央公园动物园，我们也一起去过中央公园的动物园，中央公园动物园太奇特了，我都不想说它，我要说的是那个很远的动物园，非常大，非常大，大到我和我布鲁克林的好朋友逛了一整天都没有把它逛完，可是我想不起来它到底在哪儿了。

那时候还没有朋友圈，我们都是在MIT认识人的，不是MIT那个MIT，是一个BBS论坛叫MIT，我在那上面认识了十个女网友，她们全部住在纽约，所以我一到纽约就招集大家一起吃饭，每个人都在网上说非常欢迎，非常期待，到时见啊。可是最后出现在餐馆的只有四个人，包括我自己。那就四个人吃吧，我们一边吃一边谈，就跟在网上谈一模一样，其中一个最谈笑风生，我第二天就给她打电话了，可是她关了她的电话，接下来的三年都没有再打开过。我就给第二个女网友打了个电话，她说约饭太开心了，我们以后要再约，人再多一点。我说对，你说得对。她接下来说我刚才给那谁打电话了，她关机了。我说不会吧，我就是这么说的，我说不会吧。第二个女网友说是真的，我刚才还在网上见到她呢，我跟她打招呼了，她假装不认识我。我说你确定昨晚上我们四个都清清楚楚付了各自的账单而且加上了小费吧？我确定！第二个女的说，没有任何一个人多付一分钱！要不你过几天再给她打打看？我说。我就是这么说的。

我跟第二个女网友做过一阵朋友，很平衡的那种，如果我去看她一次，她就过来看我一次；如果她看过我那一次以后我没有再去她那儿，她就不会再来；如果我请她吃个饭，完全我付账单的那种，她就一定要买个东西给我。这样的平衡。

后来呢？的士司机说。

什么后来？我说，哦，后来她突然得了癌症，她就消失了。

哎，的士司机说。

也许她还活着，我说，我只是说她消失了，但她也许还活着。

我甚至没有给我布鲁克林的好朋友打个电话，那个时候。

然后就是三年过去了。

我在一个不知道谁是招集人的BBQ又见到了她，那个时候我都快要离开纽约了。她是我最后的朋友。

我们一起吃了中国城外卖回来的煲仔饭，一起去了动物园、中央公园、科尼岛，科尼岛上有摩天轮和水族馆，我刚才是不是说过了？我们还一起去了一个动物园。

那一天实在太热了，我就记得热了。我一点也想不起来动物园到底在哪里了。

那个动物园里有个缆车，你坐在上面，动物们在你脚底下那种。可是太热了，热得我和我布鲁克林的好朋友都不想再看到任何动物。

我突然就说，她们为什么都消失了？我的汗水沿着下巴到达了肩膀，因为我把头了扭过去，跟她说了这么一句，她们为什么都消失了？

她说你是一个垃圾桶。

我说我是一个垃圾桶。

她说你收集所有的脏秘密，你就像一个垃圾桶那样收集所有的倾诉，所有的垃圾。

我说垃圾桶不会说话，可是我会。

所以她们恨你，我布鲁克林的好朋友说。她就是这么说的。

她们倒的时候为什么不恨？

是你消失了，我布鲁克林的好朋友说，对她们来讲不是她们是你，你消失了，她们的秘密也就消失了。

我的汗水沿着肩膀滚到了小腿。

你也让她们消失吧，她说，你就忘掉了。

我怎么会忘掉？我说，我什么都不会忘掉。

这个时候缆车经过了一个丛林，整条缆车都被树和树叶包围了。仍然很热，热得我的汗水沿着小腿掉到了脚背，又从脚背掉到了丛林里面。树洞不会说话，可是树会长出枝叶，每一片叶子都会说话。我就是这么想的。

到了，的士司机说，隧道费算在车费里了。

我致了谢，下车。

拿出手机，这会儿又有网络了，这也太奇特了。

的士在前边掉了个头，开走了。我这才想起来，司机都没跟我算口罩的钱，而且，布鲁克林有动物园吗？

51区

说起来真的不像是真的。拉斯维加斯去往太浩湖的中途，内华达州大沙漠里，车胎爆了。

胎压直线下落的同时，我开始搜索最近的油站。如果车速保持在七十，一小时以后会到达那里，地图是这么说的。

你问问张一，珍妮花说。

我就给张一写了条微信，胎压掉到十了而且一直往下掉的情况，有没有可能再开一个小时？

隔了好一会儿，张一回复说，奔驰没气了还可以再开一点。我说奔驰经常没气的吗？他说他上网查了，奔驰没气还能再走五十里，但是速度不要超过五十。我说哦，没事了。接下来我的脑海里果真出现了一个镜头：车彻底趴了，我跟珍妮花绝望地站在路边，漫天黄沙，热风，一团蓬草滚了过去……

这是上午九点四十五分的事情。

再往前推一推，八点钟，拉斯维加斯芝加哥酒店的停车场第四层，我跟珍妮花正在为一把不见了的梳子吵架。梳子为什么不见了？黑色的，三块九毛九CVS药店买的塑料大梳子，就是不见了。

七点四十五分，珍妮花出门去退房的时候我就是顺口提了一句，问下前台有没有见到我的梳子。

珍妮花说什么梳子。

我说算了，当我什么都没说。

七点五十五分我大包小包地到达了停车场，可是并没有见到珍妮花。为什么我大包小包还要拖珍妮花的箱子，因为是珍妮花退房，如果我去退房，就是珍妮花去停车场。节省时间，一个退房，一个直接去停车场放行李。

可是现在我在停车场了，珍妮花还在退房，而且车钥匙在她那儿。

过了五分钟，我给她打电话，还在退？

她在电话里冲我喊，还不是你的梳子！他们去找了！

我说别管梳子了，直接走。

她说他们去找了。

我说别管了，走。

她说他们去找了。

就这么来回了十遍。

我的头都要炸了。

过了五分钟，珍妮花来了，黑着脸。

我说梳子不要了。

她说他们去找了。

我说我可后悔死了，你出门的时候我为什么要多那么一句嘴呢？

她说就是，明明就是你自己弄丢了。

我说我没丢护照没丢钱我丢把梳子？

她说肯定是你乱放，被他们当作不要了的东西扔了。

我说管我要不要的凭什么扔我东西。

她说就是你的错，你怎么好意思怪别人。

我闭嘴。上车。

车停在通道出口，珍妮花开始打电话。

我说你干吗。

她说给前台打电话。

我说为什么要给前台打电话。

她说梳子不要了，要跟他们说一声。

我说凭什么要跟他们说一声。

珍妮花继续地打电话。没有人接电话。珍妮花又打了第二遍。

我说打也不要在这里打，后面的车一直在嘀我们。

珍妮花说全是你的错！

但是她终于放下了电话，把车开出了停车场。

我现在回忆一下，也许车胎就是在那个时候出的问题。只是我跟珍妮花忙着吵架，谁都没有想过看一眼车。

发现轮胎不对的时候我们已经在沙漠里了。三十八，这个数字是红色的，很快引起了我们俩的注意。因为其他三个胎的数字还是绿色的，两分钟后变成了三十六，还是红色的，变到三十的时候路旁出现了一个加油站。这个时候是上午八点四十五分。

珍妮花把车开到了那个加油站。

加油站旁边隔了一条大路有个一元店。为什么会有个一元店？这种地方。会有人去那个一元店吗？

他们说他们也没办法。珍妮花从加油站的便利店出来，跟我讲，但是他们会找个人来看一下。

多久？我说。

我怎么知道，珍妮花说。然后她开始给租车公司打电话。

我去了那个一元店。

我在那个一元店发现了口罩。但是那些口罩放在派对用品区而不是别的什么区，我犹豫了一下。

你病了吗？收银台的女的问我，你要买这么多口罩？

我没病，我说。

她看着我。

好吧，我说，我病了。

我拎着那袋派对口罩走出一元店，我们的车旁停了一辆很旧的大车，车上下来了两个人。其中一个走过来踢了踢我们的轮胎。轮胎没问题。他是这么说的。然后他们就上了自己的车，开走了。

我看着珍妮花，珍妮花看着我。

他们说没问题，珍妮花说。

我听到了。我说。

那就继续往前开？珍妮花说。

租车公司怎么说？我说。

他们问我们在哪儿？

我们在哪儿？

我怎么知道，珍妮花说。

好吧，继续往前开，我说。

我们就上了车，继续往前开。这是上午九点十五分时候的事情。

你买了一袋什么？珍妮花问。

口罩，我说。

一元店的口罩能有什么用？珍妮花生气地说。

要你管，我说。

这个时候胎压从三十掉到了二十，简直是一瞬间。

我给租车公司打电话。他们果然又问你们在哪儿？

我说你们先别管我们在哪儿，我要求你们马上给我们换个车。

电话那边说好的，可是你们在哪儿？

我挂了电话。

珍妮花冷笑了一声。

掉到十八的时候我又打了第二遍。还是那个男的声音。

我说又是你是吧，还需要我报一遍客户号吗？

那个男的说是的还是我，你还是需要报一遍客户号。

珍妮花聚精会神地开着车，笔直的两条线的正中间，车速保持在七十。

你们能不能开回拉斯维加斯？租车公司说。

不能，我说。

那你们找到一个最近的加油站。租车公司的那个男的说，看看能不能请他们做点什么。

我们刚刚经过了一个加油站，我说，他们不能够为我们做点什么。

电话那边没了声音。你还在吗？我说。

我还在，他说。

下一个再下一个加油站也不能为我们做点什么，我说，这里是沙漠。

电话那边彻底没了声音。

我开始搜索前方油站。如果车速保持在七十，一小时以后会到达那里，地图是这么说的。

你问问张一，珍妮花说。

张一是珍妮花的朋友不是我的，我也不知道我怎么会有张一的微信，但是我马上联系了他。

张一说你们还在开那辆小奔驰？

我说我怎么知道我们开的什么？车是珍妮花租的，而且她签合约的时候没加我。

你开车是太吓人了，张一说，她不会把你加上的。

她就是为了省钱，我说，她倒是给她自己买了比租车费还贵两倍的保险。

你问他还能开多久！珍妮花在旁边吼。

张一马上就去网上查了。

没气了还能再开一点的，他是这么说的。

到底多少点！珍妮花继续吼。

张一说五十里。

就是这样。上午九点四十五分，胎压十，距离下一个加油站还有一个小时，可是如果按照张一的提议，车速不要超过五十，我们距离下一个加油站，我不会算了。

开到哪里算哪里！珍妮花咬牙切齿地说。

我不敢招惹她。

开到零，我就停下。她又说了一句。

我检查了一下自己的安全带。

时间好像都静止了。

路的左侧出现了一辆警车，路的右侧也出现了一辆警车，警车的前面，又是一辆警车，我从来没有见过那么多的警车。

也许车速并没有减慢，但是一切都减慢了。非常慢，非常慢。

我慢慢地，慢慢地，往右边扭过头去，一辆被警车拦下来的大货车停在路边，货车大叔和警察大叔，慢慢地，转过了他们的头，慢慢地，看着我。我扶了一扶，自己的眼镜，慢慢地。

真的就像是拍电影一样，慢镜头，一镜到底。

然后我就看到了一个大房子。那儿，那儿，我赶紧说。

珍妮花说哪儿？

我说那儿！那儿有个房子！绿色的！

天知道为什么，那么大房子，珍妮花就是看不到。这种事情后来又发生了一次，我会在另一篇小说里来讲那一次。

十、九、八、七、六、五、四、三、二、一。

胎压到达零的那个瞬间，我们的车准确地切入了绿房子前面的停车线。

珍妮花这个时候才看到了那个房子。

我下了车，看了看那个轮胎，已经扁得像一道线了。刚才加油站的那两个男人还说没问题，他们不是眼瞎，他们就是两个乡下人！我在心里面骂了他们一百遍。

我当然不可以骂出声，如果我再提那两个人，珍妮花又会说全是我的错。

然后我看了看周围的环境。绿房子的旁边就是一个加油站，诡异的是这个加油站并不在地图里，而且它也没有名字，我觉得它真的是一个加油站是因为真的有一辆货车在那里加油，只有货车，并没有别的车。

绿房子的后面是一排粉红平房，平房周围种了一圈仙人掌，前面还立了一块大牌子，画了一只火烈鸟。

嘿。粉红色的旅馆。我对珍妮花说，快看。

珍妮花正在给租车公司打电话，一边打一边说，不就是个时钟店。

我仔细看了一下招牌，写着Motel，M的旁边就是那只火烈鸟，哪里像时钟店。但她这么说了，我也开始觉得这个粉红房子是时钟店。我又看了一遍火烈鸟，仙人掌，仙人掌上还有花，仙人掌花也是粉红色的。

珍妮花一边打电话一边进了绿房子。我往大路上望去，那三辆警车还停在那里。一辆停在路的对面，两辆停在路的这一边。

珍妮花出来了，举着电话，还带着一个老头，那个老头抬头望了一眼大门上面的那个编号，然后冲着珍妮花的电话喊出了那个号，然后他们又进到房子里去了。

我赶紧从车里拿我的包包，跟了过去。

车钥匙还是在珍妮花那儿，她又没锁车。

上一次没锁车是在洛杉矶，她说她实在是想吃点中国饭，我们就用地图查到一个评分还行的中国馆子，开了半个钟头还打了两个U转弯才找到那间馆子，一进门，前台正在刻胡萝卜花。珍妮花用眼神示意我，专业吧。

可是服务员非常奇怪，站在很远的厨房门口冲我们喊：几位？

两位！我回应他。

他把我们领到一个角落马上就弹开了。

我跟珍妮花对视了一眼。我可一句话没说，要不她又会说我有病。

酸辣汤、素炒面和麻婆豆腐。

服务员站在至少三米远的地方写单。我跟珍妮花又对视了一眼。

外面是个公园吗？我问他，灯都没有。

不是。他冷淡地答。走开了。

你有病啊？珍妮花说，为什么问他外面是不是一个公园？

我不知道我为什么要问，我说。

那你说外面为什么这么黑？我说，是个公园吗？珍妮花没理我。

服务员送来了酸辣汤。

不好意思，我举了一下手，请问一下麻婆豆腐里面有没有肉？

没有！服务员说，我们的麻婆豆腐里面绝对没有肉！

酸辣汤里有没有肉？我又举了一下手。

酸辣汤里为什么会有肉？他反问。

我们的酸辣汤里怎么可能有肉？他又来了这么一句。

珍妮花瞪了我一眼。

你们从哪儿来的？他突然问，仍然站在三米远的地方。

我们从哪儿来的要你管。珍妮花突然说。

我赶紧把手伸向酸辣汤，给珍妮花盛了一碗，同时舀了一勺米饭到她的盘子上。

你干什么？珍妮花说。

这样他们就会以为我们是这儿的人。我压低声音说，我们的米饭不在碗里，我们的米饭在盘子上面。

珍妮花没有再说我有病，她开始喝汤。

做得还是挺地道的，她说了这么一句。

是啊，我迎合她，是挺像中国菜的。

酸辣汤里有蛋花，有细笋，的确没有肉。我给自己盛了第二碗。

这个时候进来了几个本地人，他们被安排到靠门口的位置。又出现了一个服务员，现在是两个服务员了，有说有笑。我盯着他们，直到那桌上了一壶中国茶。

我刚发现他们没给我们水，我说，连冰水都没有。

吃完赶紧走。珍妮花说。

那还给小费吗？我说。

珍妮花瞪了我第二眼。

素炒面和麻婆豆腐也来了。服务员板着脸。

我翻了一下麻婆豆腐，是没有肉。

珍妮花吃炒面，不看我。但我知道她在看我。

有时候有肉，我说，你知道的。

这时候一个男人站到我们桌子的旁边，站得非常近，我放下了豆腐，看着他。

外面那辆黑色的小奔驰是你们的吧？他说。

是我们的，珍妮花说，怎么了？

车没锁，他说。

珍妮花瞬间冲了出去。

现在我和那个男人互相看着。

其实你们停下来的时候我就注意到你们了。他说，我的车就停在你们对面。

我看着他。

发动机一直在响，你们的车。他又说，我坐在自己车里等了好一会儿，你们一直没回来，我猜你们不是去买东西很快就回来的那种，你们肯定是去吃饭了。

我看着他。

发动机一直响，他又说，我只好去摸了一下你们的车盖，是烫的，你们肯定是去吃饭了。

谢谢，我说。我不知道我还能说点什么。珍妮花还没回来。

你们肯定是来这家吃饭，他说，你们是中国人嘛。

我看着他。我说什么才好。

附近就这一间中国店，他又说。

我看着他，我觉得他有点紧张，比我还紧张。

我在门外面站了好一会儿，最后才决定进门来找你们，他说。

谢谢，我又说了一遍。我眼角的余光捕捉到珍妮花回来了。

谢谢啊谢谢啊！珍妮花笑着。

我从来没见过珍妮花会笑得这么好看。

不用谢不用谢，那个男人说。

真是太感谢啦！珍妮花说。她可从来没跟我说过一次谢。

现在锁好了吧，我问珍妮花。我用中文问的。

珍妮花给了我一个最不容易察觉的白眼。

我们这个区很安全的，那个男人又说，没有人会偷东西。

是啊是啊，珍妮花继续笑，车一点事没有。

那就好，那就好。那个男人转身走了。

我感觉他终于松了一口气。

多谢多谢啦！珍妮花追过去一句。然后坐了下来。我知道她在瞪我。

车没锁你为什么不跟我讲？她翻脸很快。

我埋头吃饭，豆腐都凉了。

门口那桌更热闹了，还上了一瓶红酒。宫爆鸡丁配红酒。我盯着他们，一个客人说了一句什么，两个服务员笑得都要昏过去了。

珍妮花扭头看了一眼，说，哼。

都不容易，我说，就靠小费。

你可别忘了，自己人对自己人永远是最狠的，珍妮花冷冷地说。

就是就是，我想说。我没说出来，我一句话没说，把冷豆腐吃完了。

站起来的时候珍妮花在桌子上留了一张二十块，一张十块。

我忍不住了，水都没有的，三个菜送过来再没有出现过，为什么要给那么多？

那就不给这么多了？珍妮花拎起了那张十块。

算了算了，我说，还是快把那张放下吧。别太难看了。

珍妮花松开了手。

出门的时候我又看了一下前台，前台还在刻胡萝卜花，刻好了扔到一个大筐里，我从来没有见过那么多的胡萝卜花。

这就是上一次的，珍妮花没锁车。被发现了的这一次。

没被发现的呢？肯定一百次了都。

我拿了我的包，关上车门，跟了过去。

就是一个便利店，唯一和其他便利店不同的是，里面也都刷成了绿色，而且放了好几个绿色外星人雕塑。雕塑？是雕塑吗？我也不知道那是什么。有站着的，也有坐着的，甚至还有一个外星人眼镜柱子，一模一样的绿色眼镜，挂满了一个柱子。

一个人都没有。

收银台后面站着一个老头，不就是刚才那个不知道自己门牌号的老头？他看起来很不高兴，希望不会是因为珍妮花。

我没有看到珍妮花，不知道她在哪里。

一共四排货架，我转了一圈，一圈，又一圈。最后拿了一包小薯片，放到收银台的上面。我不是想吃薯片，我不吃薯片，我只是想去一下洗手间。

不高兴的收银台老头扔出了一把零钱，我注意到收银台下面压了一堆硬币，日元韩元竟然还有澳门元。我的钱包里面还有一个两块钱的花边硬币，我在想我要不要送给他，要不要？我又看了一眼收银台老头，老头冷漠地看着我的后面，不是我是我的后面。我没有把那个硬币拿出来。

珍妮花也不在洗手间，我不知道她去了哪里。而且我也转了三圈了，这个便利店只有一个门。如果我就是看着珍妮花进来的，那么她肯定一定还在这个房子里。

洗完手，伸到烘干机下面，烘干机发出了外星人电影里才有的那种声音。叽里呱啦叽里呱啦。

我又洗了一遍，烘干机下面，外星人电影的声音。叽里。

我又洗了一遍，烘干机下面，外星人电影的声音。呱啦。

我就这么洗了三遍。三遍外星人声音。叽里呱啦叽里呱啦叽里呱啦。

出了洗手间，看到了一个很凶的妇女的脸。在一个餐厅柜台的后面。

我之前一直以为那是一面镜子，确实不是镜子，是一个房间，一个餐厅。不仔细看，是看不出来的。

我没有办法描述我是怎么发现那个餐厅的，没有任何合理的文字可以描述。

我朝着那个看起来很凶的女服务员走去，她看着我，走近，走近，走到她的面前。

现在还有pancake吗？我是这么说的。我真不知道我为什么要说这么一句。

没有，她是这么答的。

薯条？

薯条有。

坐下来以后我看了一下表，十一点整。

椅子是红色的，桌布是蓝白格子的，桌布上面压了一面玻璃，玻璃好像用了几十年都没有换过，毛乎乎的。我用手指头抹了一下玻璃，在我抹的同时，服务员把餐牌放到了我的面前。

没有pancake，她又说。

有薯饼吗？我说，我也不知道我为什么说薯饼而不是薯条。

所有的早餐都没有了，她说。

有冰淇淋吗？我说，香草的。

只有巧克力的，她说。

那就巧克力吧，我说。合上了餐牌。我从来不吃巧克力。

等待的间隙我研究了一下这个餐厅。没有任何语言可以描述这个餐厅。

塑料地板，是塑料地板吗？七十年代那种自己动手一块一块胶贴的塑料地板？我不确定。白墙，雪白到都反光了的白墙。靠墙一张褐色长台，摆着吐司机、咖啡机、番茄酱、糖包，还有搅拌棒。一个冰柜，里面放着牛奶，瓶装可乐和芬达。芬达？我不确定。

我就举了一下手。我想再要个芬达，我说。

然后我看着服务员走去了那个冰柜，打开冰柜门，取了一瓶芬达，放到我的面前。

谢谢，我说。

不用谢，她说。

冰淇淋也送来了，装在一个白色大碗里，三大勺，堆得像山。

我举起手机，给芬达和巧克力冰淇淋合了一张影。再转向冰柜和长台，这个时候我发现了，长台上方的白墙贴着一张大海报，海报上画着飞碟，还有一行字——51区。

我马上打开地图，地图说这里就是51区，外星人中心。我刷新了一遍，地图还是这么说。

我马上站了起来，对着海报拍了好几张。我感觉到服务员在看我的后背。我又拍了一张。

这个时候珍妮花来了。

51区！51区！我冲她喊。

她鄙夷地看了我一眼，坐到了我的座位，开始吃那碗冰淇淋。

我说是51区哎。

她继续吃她的冰淇淋，还伸手给她自己要了可乐。

服务员又走去了那个冰柜，又打开冰柜门，取了一瓶可乐，放到她的面前。

我马上举着手机跳到了餐厅外面，外星人雕像，站着，拍一张，坐着，拍一张，外星人眼镜柱子，拍一张，竟然还有三排外星人T恤套头衫，我转三圈的时候并没有这三排吧？拍一张。再到房子的外面，走远一点，再走远一点，门框上竟然也画了一个外星人头，拍了一张。再走远，快走到大路上了，警车已经不在那儿了，三辆都不见了。一块巨大绿色招牌，比我看到的那块火烈鸟粉红招牌大太多了，天知道我怎么刚刚才看到。上面就是写着：51区，外星人中心。我拍了至少一百张。

要不要再往房子后面走一走？我想还是算了。我重新进入了绿房子，便利店里面的餐厅。

珍妮花还在吃那碗冰淇淋。

租车公司说他们会给我们换个车，珍妮花说。

从哪儿？我说，电话上显示他们的客服位置在夏威夷。

也许是拉斯维加斯吧，珍妮花说。这一次她没有像往常那样用反问的句式说她不知道。

还不如开回拉斯维加斯呢。我说，从一开始胎压往下落我们就应该开回去。我当然没有说出来，要不珍妮花肯定会咆哮。

现在她很安静地吃着冰淇淋，就像我们的二十岁，那个时候她往往一句话没有，我倒是个话痨。一转眼过了四十岁，她话痨了，我经常沉默，一句话都没有。

如果是《末路狂花》里面的那两个女的，车要爆胎了她们肯定会给车换胎，或者补一下胎再加点气什么的，我说。这一句我可是说出来了。

什么花？珍妮花说。

我闭嘴，我们肯定是一起看的这个片子，二十年前，她竟然忘了。

我有一件索尔玛那样的白衬衫，我忍不住又说，你记得吧？我以前老穿。

珍妮花竟然微笑了一下。你现在肯定穿不下了，她说。

我闭嘴。

租车公司讲三个小时之内会到。珍妮花说，有个拖车会带着新车来，再把坏车拖走。

多少钱？

她说我怎么知道。

你给自己买保险的时候怎么不把路险也买了？我说。

我不想跟你吵架，她说，现在这个时候。

那么是从现在开始的三个小时，还是从我们下车的那个时间开始？

有区别吗？

有啊现在都快十二点了。

那就吃午饭好了，珍妮花说，然后她伸手，餐牌！请给我餐牌！

服务员把餐牌送了过来，我觉得她没有我第一眼看到的时候那么凶了，也许只是错觉。

没有pancake，也没有薯饼，服务员说，有薯条。

那就一个素汉堡加薯泥，我说。

我要一个传统汉堡，珍妮花说，和薯条。

不好意思啊我们要多坐一会儿，我对服务员说，我们的车坏了，要在这儿等拖车。

可能要等三个钟头，珍妮花补充了一句。

没问题，服务员夸张地耸她的肩，别担心，你们就在这儿等好了。

我觉得她从来就没有凶过，一切都是我的错觉。

真的要等三个小时吗？我问珍妮花，确切的三个小时？

如果他们能够在两个小时之内到就不会跟我讲三个小时了！珍妮花很凶又很快地回答我，如果他们能够两个小时就会讲两个小时！

我觉得珍妮花很有道理。

我拍了一下餐牌，服务员把它留在了桌上，深蓝色的餐牌，画着一只巨大的飞碟，我拍了下来，这个餐厅就叫作51区。

午餐很快就来了，装在一个篮子里，厨师端来的，厨师是一个老头，不是那个收银台老头，另外一个老头，但是看起来也不太高兴的样子。

可是汉堡太好吃了，都不像是不高兴地做出来的，但是薯泥又太难吃了，一定是不高兴地做出来的。我看了一眼珍妮花，她把整个汉堡都吃了，没碰薯条。

我就把她的薯条拿了过来。

开始有人进来，一个货车司机，坐在靠窗口的位置；三个老头，一起的，坐到了最靠近冰柜的一张桌子；一个家庭，爸爸妈妈和一个女儿，坐到了我的后面。

我觉得我还能再开一点，珍妮花突然说。

去哪儿？我说。

后面的禁区，她说，我想去看看。

不要，我说。

奔驰没气了还能开一点的，她竟然说，张一是这么说的。

不是有气没气的问题，我说，你自己也说了是禁区。

我就开到围栏边，我不进去，她说。

那有什么意思，我说，你要么就别去，要去你就进去。

珍妮花看着我，你以为我不想进去吗？

你去啊！我说。

没导航，她失意地说，地图上明明标了地名，但是不标路线，不给去。

现在轮到我哼了一声。

我可以走着去，她又说。还站了起来。

我赶紧招手叫来了服务员。请问一下我们可以去51区吗？我客气地问。

这里就是51区，她答。

我是讲沙漠里……我用手指了指墙上的海报，外星人飞碟旁边，很大的一个禁字，还打了个大红叉。

不要！服务员极为夸张地挑她的眉毛，我劝你们不要。

为什么不要？

沙漠有什么好看的？她说，沙漠就是沙漠。

我跟珍妮花对视了一眼。

而且我劝你们千万不要越过铁丝网，她又说，也许你是觉得没人，上下左右前后，一个人都没有，但是只要越过那道铁丝网……砰！她说。

我真的被她的砰吓了一大跳。

砰！她说，就会有一堆兵出现在你们的眼前。

出现就出现嘛，砰什么砰。珍妮花后来跟我抱怨。她给我发过来她拍的那个铁丝网，角度是在网的这边，她当然没有跨过去，她也就是拍一下，发朋友圈。

在等待珍妮花从铁丝网回来的间隙，我听了一段三个老头轮流讲的笑话，说实在的，并不太好笑，但是服务员笑得前仰后合的，这一次，我真不觉得她是为了小费，她就是发自内心地笑。

那个家庭的女儿叫了跟我一样的菜，素汉堡和薯泥，她碰都没碰那堆薯泥，她也没吃她父母的薯条，她也没要可乐或者芬达，她吃完了汉堡，就坐在那里，一动不动。十二三岁的女孩，不动，也不说话。

货车司机坐在窗边，什么吃的都没要，他就是坐在那里。

拖车还没来吗？服务员问。

还没，我答。看了看时间，已经下午一点半，按照珍妮花的计算，还得等一个半小时。即使车现在就来了，我说是即使，我俩今天都是到不了太浩湖了。

那可真是太遗憾了，服务员说。

很抱歉我们还得在这儿再坐一会儿，我不好意思地说。

没事没事，服务员挥手，坐吧坐吧。

然后她痛骂了Triple A。我觉得要向她解释是租车公司的拖车而不是Triple A的好像太麻烦了。就没解释。我也骂了一下Triple A。

那个家庭是什么时候走的？我完全没有注意到，三个老头还在讲笑话，货车司机还坐在窗边。

珍妮花风尘仆仆地来了。我要可乐！她举手。

可乐来了，装在一个纸杯里。

珍妮花一挥衣袖，纸杯倒了，可乐翻了一地。我可真是目瞪口呆。

太抱歉了，真是太抱歉了。我冲着服务员至少说了一百个抱歉。

没事没事，服务员拎来黄色告示牌和拖把，一边拖地，一边笑着说，我也得找点事做不是？

我都不知道该说是还是不是了。不好意思啊，我只好又说了一遍。不好意思啊，珍妮花也说。服务员爽朗地笑，更用力地拖地。

拖过的地黏溻溻的，之前就有点黏，现在更黏了。

我换到了后面的座位，距离拖车拖新的车来还有一个小时。

我想喝可乐，珍妮花低声说。

再叫一杯，我说。

珍妮花没动。

也许她会再给你一杯，我说，不要钱。

珍妮花点头。

服务员没有再给她一杯。服务员忙别的去了。

你去外面看看拖车来了没有？珍妮花对我说。

为什么？

也许早到呢？她说，他们说拖车都是开得飞快的。

我只好出去。我一出门就看到一辆拖车开过来，果然开得飞快。我马上向它跑过去。我想的是珍妮花也太神了。可是一个女的堵到我的前面，她冲着拖车拼命摆手，我意识到那不是我们的拖车，那就是她的拖车。

开得飞快的拖车飞快地装上了那个女的车和那个女的，飞快地开走了。

我看着拖车开远，开远，不见了。

我不想回餐厅，说实在的，那个餐厅太暗了，一个通道门，连接着便利店，一个窗，好像还是钉死的。我不想回那个餐厅。

门廊一排白色长凳，我就坐到了上面。

天气真好啊，好到一切都不像是真的。

蓝天白云，什么都不干也不用想事的几分钟，一个巨大的圆满。

一个流浪汉拖着大大小小的塑料瓶走过来，停在离房子还有一点距离的地方。你好！他冲我喊。你好！我回应他。

然后他走向一个刚把车趴下的男人。洗车吗先生？流浪汉礼貌地问。

不用了，谢谢。男人礼貌地答。

流浪汉礼貌地点点头，走向加油站。

我想起来谁说的，你要是敢拒绝流浪汉擦一下你的前车窗，你的窗和你可就太危险了。那是在市中心吧？沙漠里的流浪汉看起来挺有素养的。

三个老头也出来了。三辆大摩托车的前面，开始戴装备。戴上了帽子和太阳镜的老头，比不戴的时候帅多了。我顿时觉得他们的笑话其实也挺好笑的。

一辆车停到了摩托车的旁边，下来一个女的，短裤背心。我看了一下自己，我穿的羽绒。我不觉得热，她肯定也不觉得冷。

多好的天！女的关上了车门，说。我觉得她就是习惯性地那么一说。

是啊今天太漂亮了！摩托老头们高高兴兴地回应她。

女的已经走上台阶了，又回头，说了一句，多棒的车！她说的一定是那辆大红色，另两辆是银色的。

我的孩子给我买的！红摩托老头高兴地说，生日礼物！

那可真是太棒了！女的说。

红摩托老头更高兴地跨上了车，一脚，那个麻利。三辆摩托车高高兴兴地开走了。

我望着远方，远方的远方。拖车在哪儿呢？如果真是拉斯维加斯开过来，又开得飞快，应该早就到了嘛。为什么要这么久？拖车师傅去吃午饭了？拖车师傅找不到路了？那个门牌号码报得对吗？

流浪汉又走过来，因为又来了一辆车。车上下来一家人，爸爸妈妈和一个青少年儿子。儿子一跳下车就开始上下左右地拍照。从左拍到右，从上拍到下，我把头扭到一边，可别拍到我。他的爸妈马上就进了便利店，一刻没停，那个儿子拍完上下左右也进了便利店，我不看我也能想象到，他在店里到处拍，拍外星人眼镜，拍外星人套头衫，拍外星人海报。

珍妮花给我打电话，你在干吗？

等拖车，我在电话里说。

你进来，她说。

我不想进去，我说。

你给我进来！她在电话里吼。

我进去了。餐厅比之前更暗了，我几乎看不清楚珍妮花的脸。但是服务员确实给她重新上了一杯可乐。

你干吗要打电话给我，我说，你可以走出来叫我。

坐在这里等，她说。

为什么要坐在这里等，我说。

我一个人坐在这儿感觉不好，她竟然说。

我只好也坐下来。

珍妮花你知道吗？我跟很多人合不来是因为我跟他们都不是

一个地方来的。

你不是火星来的吗？珍妮花说。

咱俩都不是火星来的，我说，他们才是。

根本就没有地球人，我说。我特意压低了声音。

珍妮花把头凑过来，说，所以他们扎堆，我们扎不进去。

对，我说，火星人一堆，金星人一堆，哪个星的扎哪堆。

那你说咱俩是从哪个星来的，珍妮花说。

我想不起来了，我沮丧地说。

没事没事，珍妮花说，你想起来了再跟我说。

我是说我要在地球上我就想不起来了，我说，真的。

我只能肯定咱俩也不是一个星，我又说，但是隔得不太远。

要不你努力想一想？珍妮花凑得更近了，正好趁这个机会，咱可是在51区啊。

我努力想了一下。

我有个意识，我说，地球本来就没有人，地球就是一个关外星人的地方。

这些外星人都犯了什么罪啊，珍妮花说。

肯定不是偷东西啊抢东西啊那些，我说，外星人不需要吃饭的。

外星人也不用买衣服和包包，珍妮花说。

对对对，我说。

那还能犯什么事吗？

堕落，我说，太堕落了。所以要送到地球，关起来。

能越狱吗？珍妮花说。

能，我说，不过太少了。

我也把头凑近了珍妮花，你知道老子吧。

知道，珍妮花说，孔子有问题就去问他。

老子就越狱了，我说。

那他也不把我们都带上，珍妮花说。

他顾他自己就不错了。我说，你还指着他再回来啊？他不回来了。

我们一起叹了口气。

你也别太难过，我说，反正咱们也一直在。

什么叫一直在？

就是不知道怎么生的也没办法死的意思，我说。

你再说一遍？珍妮花说。

我是说，咱们下一辈子啊，也就是地球人类的这种说法，下一辈子，咱们是不会再碰面的了。

那就好，珍妮花说。

就是碰面也不认得，我说，你不认得我，我不认得你。

那不就好了？珍妮花说，记住也是负担。

我不想记得，她又说，我就在地球。

我不想在地球啊，我说，我也要走。

你走你走，珍妮花说，你有本事你走。

我没本事。我又沮丧了，我什么都想不起来了。

你想起来了你也走不了，珍妮花说。

你怎么知道的？

我告诉你啊，珍妮花说，这上面有个大网。她用手指了指天，又马上放了下来。地球就是在一个网里，她说。我的脑海里马上出现了一只篮球，装在网兜里。

你就算是想起来了吧，她说，你就想去越狱吧？有个网你越个鬼啊越。

那我是怎么想起来的？我问。

闪电啊，珍妮花说，雷暴天，你去站到一棵大树下，被劈一下兴许你就想起来了。

真的？我说。

试试嘛，珍妮花说，试试又不要钱。

你说咱们在这儿讨论，上面那个什么网会不会知道？我也用手指了指天，又马上放下来。

那当然，珍妮花不屑地哼了一声，每一个什么星人，每一个什么星人的动静，网都知道，但它太不屑管你们了，蠢到底啊你们，懒得管。

这么做的意义到底是什么？我说，无止境的折磨？

净化，珍妮花说，各人净化各人的，谁都顾不上谁。净化好了你才可以走，批准你走你才可以走。

怎么净？我说。下一辈子我又忘了，你看上辈子我都忘得一干二净。

今天早饭吃的什么？珍妮花问。

我想了一下，没想起来。

还上辈子下辈子的，珍妮花哼了一声。

所以咱们都是废物，我说，没用的废物，一点用都没有。

也别太消沉了，珍妮花又叹了口气，还有几十年要过呢，地球人类的那种，几十年，要不你给自己定个目标，你不是喜欢老子嘛，你就定老子做你的目标好了。人要活得有点指望。

我不喜欢老子，我说，我喜欢胡歌。

也好，珍妮花说，随便你定个啥，你就定胡歌好了。

那我去看看拖车？我说。

去吧。珍妮花点头示意。

我又坐回了门廊。

服务员走了出来。拖车还没来？她问。

我摇摇头。她走下了台阶。祝你好运！她说。

然后她跳进了一辆大卡车，那辆大卡车和它的大轮胎衬得停在它旁边的小车特别小，轮胎特别扁，也不知道我们是怎么把那么小的车从旧金山开到洛杉矶开到拉斯维加斯又开到这个51区的。

再见！服务员从大卡车探出头，冲我喊。我还没有把我的再见喊出口，她和她的车就绝尘而去了。绝尘而去，再没有比这个词更好的词了。

我坐在门廊，望着尘土和车，车和尘土，尘土的后面，无限的尘土。

蓝天白云，好大好大的圆满。

拉古纳

我们把车停在路边，路边全是画廊。

我来过一次，珍妮花说。

好玩吗？我说。

不好我会带你来吗？她说。

你只认得拉古纳，我说，你又不认得别的海滩，你自己说的。

我也认得别的海滩，珍妮花说，我只是没去过。

我们把车停在路边，路边全是画廊。

珍妮花说我们只停十五分钟，因为这儿写着：只能停十五分钟。

我说只停十五分钟我们为什么还要停。

她说你不是想看画吗？

我说我为什么要看画，我是画画儿的吗？

她说不画也可以看看的嘛。

我说那是不是买个画成为一个顾客就可以停久一点了？

她说不能。而且我们也买不起，她又说。

我们就去看画了。

第一个画廊和第二个画廊我还觉得挺好看的，一个是用贝壳画画，贝壳上面贴着贝壳，贝壳上面的上面再贴着贝壳，贝壳贴贝壳，我从来没有见过那么多的贝壳；第二个是用盐画画，每一颗盐都长得不一样，可是每一颗盐都闪闪发光，我看了肯定超过三分钟。第三个我就不觉得好看了。我也不想再看第四个了。

走吧？珍妮花侧过脸问我。她也看了好一会儿贝壳画、盐画，还有一幅画成人脸的花，或者画成花脸的人，她在那幅画前面站了好一会儿。

我还有点喜欢，她说，你看你看画得好像真花啊。

我凑过去，果然是真的花，花上面贴着花，花上面的上面再贴着花，花贴花，好像人的脸。

买？我说。

不买，珍妮花说。

不想买还是买不起？我说。

买了放哪儿？珍妮花说，我都不知道我还能不能在美国待下去。

是哦，我说，那我们走？

走吧。

回到车里，下车上车好像还没过五分钟。我说我们为什么要停这么一下嘛。

珍妮花说你不就是想看个画嘛。

我说我一个写小说的我为什么要看画？我连书都不看。

珍妮花说你再讲你不看书他们就会真的认为你真的不看书。

我说我看书的吗？

珍妮花说昨晚上喝大了跟我讲海明威世上的光极简主义冰山理论白象似的群山The killers卡佛契诃夫安德森的是你吗？

我说真是我吗？我讲话没有标点符号的？他们又是谁？我管他们的认为。

珍妮花说你后面还开始讲王维钱穆了。

我说那是我，肯定是我。

珍妮花满意地发动了。

持志如心痛啊，我说。

什么痛？珍妮花把车拐回海岸路。

念念都在自己不看书的问题上，心好痛，我一心痛，也顾不上别的了，我说。

我请你吃顿好的，珍妮花说，别痛了。

我们转了至少十圈，都没找到一个地方可以把车趴下。

要不我们还回刚才那个地方？我说。

你觉得那个位置还在等着我们吗？珍妮花说。

看看嘛，我说，看看又不要钱。

我们就把车开回了画廊旁边。果然已经停了别的车，还是一辆休旅车。

十五分钟还停！我说，为了停车不择手段了都。

就是，珍妮花说。

我们只好把车再开走。开来开去，哪儿都是满的。

我都有点恼火了，珍妮花说，前两年来的时候哪有这么多人。

这两年你都没来过拉古纳？我说，离你家就十分钟你都不来？

我来过一次。珍妮花说。

前两年到处都是车位，珍妮花又说，根本不用找。

二十年前的拉古纳，我说，别说车位，连人都没有。

后来我发现她把我这一句发到了朋友圈：我的朋友周小姐说的，拉古纳二十年前连人都没有。

二十年前我连洛杉矶都没去过，我是一个写小说的，我经常搞不明白真相和不是真相。

我预订了一个好餐馆，珍妮花说，我们得吃顿好的。

那我们可以把车停到那个餐馆去啊，我说，我们是顾客。

对啊，珍妮花说，我没想到啊。

可是那个时候我们已经在一个露天停车场了，露天停车场之前我们还去了一个教堂的停车场，全满，教堂停车场之前我们甚至去了珍妮花的秘密停车场，也就是一个看起来是私人位其实不是私人位的停车位，珍妮花上一次来拉古纳就停那儿，那个位置也不再是一个秘密了。我们把车停在了露天停车场，再走五条街就是珍妮花预订的餐馆。

经过一间比萨店的时候我说要不我们就吃比萨吧。我太饿了。

珍妮花不情愿地说你就那么想吃比萨吗？

我说我就那么想。

那好吧，她说。

我说那你赶紧取消你的预约。说完我进了比萨店，连个座位都没有，所有人都得站着吃，我就又走出来了。珍妮花还站在门口。

预约还没取消吧，我说。

珍妮花哼一声，过马路。我跟着她。

一个不认识的人冲着我吼。

我忍不住瞪了他一眼。要是二十年前，哪有不认识的人会冲着另一个不认识的人吼，认识的也不会吼，真是世风日下。

红灯！珍妮花在马路对面冲我吼。同时一辆大车冲着我嘀。

我赶紧收回了腿。真没看到灯！我冲她吼，也冲车吼。

要是二十年前，哪有这么长的嘀。确实世风日下。

又经过一间酒吧的时候我说我们进去喝一杯吧。

珍妮花说再多走两步，我们可以在餐馆喝。

走着走着看到了两个裹着浴巾的人。我说，吃饭前我们可以去海滩走走吧？

吃完饭再走行吗？珍妮花说，或者边吃边走，餐馆就挨着海滩。

一个真正的海景餐馆，那可真是太棒了。我有点高兴。就这么又走了几步，肯定不止两步，终于到了。

看到了你们的预约，前台说，请在四十五分钟之后再回来。

我们为什么还要在四十五分钟以后回来？我说。我们直接去吃比萨吧，站着吃也行。

四十五分钟很快的，珍妮花说，你要是想先去海滩我们就去海滩，就在这下边。

我探头看了一下，果然餐馆就挨着海滩，可是在上边，为什么在上边，我要去到下边才知道为什么。

你知道怎么下去吗？我问珍妮花。

不知道，珍妮花说，好像没有台阶可以下去。

跳下去吗？我说。

这得有四层楼高吧，珍妮花说，跳下去好像会死。

不跳一下怎么知道嘛，我说。

那你跳，珍妮花说，起跳的位置都没有。

你不跳？我对珍妮花说，要跳一起。

你以为我不会跳？珍妮花说，我要跳我直接就跳了，我废那么多话干吗跟你似的。

你跳你跳，我说，这儿这儿，这儿有个起跳点。我指着一道围栏，白色的。

前台突然说，你们可以进去了。好像还没一分钟。

我们就进去了。

我们的桌子就靠着围栏，白色的，桌布也是白色的。海风习习。我们优雅地坐了下来。

我得请你吃顿好的，珍妮花说。

服务生送来了一筐面包，深绿色棉布包住的面包，还是温热的，看起来非常高贵。

珍妮花！我说，珍妮花你有没有想过包面包的这块布是不是天天洗啊？

珍妮花没理我。

我撕了一块面包塞到嘴里。天啊，太好吃了，我说，好吃到都不用蘸橄榄油跟醋了。

你吃什么都要蘸的吗？珍妮花说。

隔夜的才蘸，我说，蘸了吃不出来隔夜。

珍妮花点了一个起司拼盘，两杯好酒。

我不知道是什么酒，只知道太好喝了，好喝到不知不觉就把它喝到只剩一口。拼盘还没上来。

再来一杯？珍妮花提议。

不要不要，我说，你看旁桌看起来都那么稳重，我们再多要一杯就变酒鬼了。

说得也是，珍妮花说。

“文学是人生最亲切的东西，而中国文学又是最真实的人生写照，所以学诗就成为学做人的一条径直大道！”这是钱穆说的，我说。正说到这儿的时候，拼盘来了，我略停了一下，拿了一片饼干，一片蓝纹起司。天啊，太好吃了。我又拿了一片饼干，一片起司，珍妮花拿了一颗葡萄。

酸吗？我问她。

不酸。珍妮花说。

杜甫！我说，杜甫这一个日常人生，没有一句讲忠孝，讲道德，却“没有一句不是忠孝，不是道德，不是儒家人生理想最高的境界”！这也是钱穆说的。

你说钱穆是不是金句王嘛你说嘛是不是嘛，我说。

再要一杯橙汁还是可以的，珍妮花说，要不要？

可以啊，我说，可是有没有粉红柠檬汁？

没有粉红柠檬汁只有柠檬汁，服务生是这么答的。

那就橙汁吧，我说。

你知道吗珍妮花，二十年前我第一次来美国，我一下飞机，喝的第一口喝的。

粉红柠檬汁？

柠檬汁，我说，机场哪有粉红柠檬汁嘛。

美国梦，珍妮花突然说。

我们的美国梦，我说，珍妮花我要告诉你我是为了哈根达斯冰淇淋来美国的你信不信？

我可不是为了冰淇淋来美国的，珍妮花说。

哈根达斯！我说，香草味儿的，别的味儿都不行，就香草味儿的。

珍妮花又拿了一颗葡萄，配了一口酒。

所以持志如心痛啊，我说，这个境界，修持，对我来讲又是心痛，心痛之难，持志之难。

我都请你吃好吃的了你别再痛了行吗？珍妮花说。

你看过我小说吗？我说。

我看过那个《如果蘑菇过了夜》，珍妮花说。

痛不痛嘛你说。

痛痛痛，好了吧，珍妮花招手，请再来一筐面包，多谢。

第二筐面包马上就来了。

女士们请享用！服务生冲我们迷人地一笑，又转去旁桌。今天的鱼还好吧？我亲爱的女士们。我听到他是这么跟旁桌说的。

那个服务生是个音乐家，珍妮花低声跟我说，单簧管。

你怎么知道？

我上次来吃饭就是他，珍妮花说，他亲口跟我说的，还是伯克利的。

伯克利的单簧管音乐家在拉古纳的餐馆做服务生？我说。

他说他选择这样生活，珍妮花说，他亲口说的。

原话是怎样的。

这就是原话。

英语说不出来这种话，我说，这是中国话，我选择紫色，我选择冷粥破砚晴窗，这是中国话。

我选择看你的小说，不用认识你这个人。珍妮花说。

周梦蝶是这么说的吗？

周梦蝶是这么说的，珍妮花说。

好吧，我说，那你说你痛不痛嘛。

多痛都被你讲得跟个笑话似的，珍妮花说。

严肃一点！我说，写作怎么能当笑话？而且我每篇小说都有这个力用的好不好，长痛短痛，深痛浅痛，珍妮花我告诉你，我们的心痛才是一个笑话，我现在追求的境界是心不痛，心没有了，就不痛了，这个境界。

这个时候来了一盘鱼。

我看着那盘鱼。还有主菜啊？我说。

有啊，珍妮花说，我给你要的面，素的。

肯定素的？我说，有时候他们放碎肉酱。

肯定素的，珍妮花说，肯定不是肉酱，而且现在都发明人造肉了，饭西的餐馆都不用真肉，都用人造肉，还特别贵。

什么人造肉嘛，我说，就是豆腐干。

也可能是蘑菇，珍妮花说。

那你给我点的是豆腐还是蘑菇？

我点的素菜，珍妮花说，不是豆腐也不是蘑菇，就是菜，青菜。

那会好吃吗？我说。

我还点了饺子，珍妮花说，要面条不好吃吃饺子。

什么馅儿的？我说。

素的，珍妮花说，肯定素的。

好吧，我说，不要是菠菜就行。

珍妮花开始切她的鱼，我开始肯定饺子馅就是菠菜的。

珍妮花你每次都跟我说狠话，我说，你昨晚上跟我讲我们可以被打死，但是不可以被打败。

我没那么说，珍妮花说，即使我说我也只会说A man can be destroyed but not defeated。

对这是你的原话。

这是海明威的原话，珍妮花说，一个人可以被毁灭但不能被打败。

有什么区别吗跟我那句，我说，不就是一个意思？可以死，不可以输，宁死不屈。

对，珍妮花说，好像也不对，跟宁死不屈还是差别挺大的，根本就不是一个意思嘛。

海明威也挺卡佛的，我说。

卡佛挺海明威的好不好，珍妮花说。

这两人写小说的境界，我说，也是我追求的，不著一字，什么都没说，什么都说了。

什么叫不著一字，珍妮花说，人家著作等身了都好不好。

你又说狠话了吧珍妮花。

我说的是真话好话，珍妮花诚恳地说，我说的是你变了，你有一个普通人的情感了。

好好好，我说，这挺好的，我现在有情感了，跟大家一样了，然后我要把这个情感放下，这是我现在追求的境界。

这个时候面来了。

我先没有管那份面。

我看到一条讲一个艺术家出了家，修了一座庙独自修行。我说，里面有一句："城市也是一个道场，山林也是一个道场。不论在哪儿，安处在当下，不起烦恼，把每一刻该做的事情做好，才是最重要的。"

一条是卖东西的吧？珍妮花说。

卖啥？我说。

啥都卖，珍妮花说，拍成视频卖。

真的？我说，拍成视频卖就好卖了？

肯定啊，珍妮花说，现在人都没有耐心看文字，直接看画面。

所以将来作家肯定没有艺术家值钱？我说，未来的趋势人都不看小说，看画儿。

艺术家也不值钱，珍妮花说，人只看会动的画面，不动也没有人想看。

不就是电影嘛，我说，你绕那么远。

电影都没人看，珍妮花说，电影太长了，人没耐心。

人对什么有耐心？

人对什么都没耐心，珍妮花说。

我埋头吃面，太好吃了，我完全没有吃到一棵菜，好像菜全部融化到了面条里。让我又想起了卡佛或者海明威。

你要不要试试我的面。我卷了一圈面伸到珍妮花面前。

不要，珍妮花说，我不吃淀粉，平常我过了中午十二点都不吃饭的，今天为了陪你。

面里面有淀粉吗？我说，米饭里面才有淀粉嘛，面里面只有面粉。

随你怎么说，珍妮花说，反正我不吃，你吃，你得多吃点。

这个时候来了一盘炸薯条。

我看着那盘薯条。饺子还来吗？我问。

来，珍妮花说，吃不了带走。

是不是有点多了？

不多，珍妮花说，酒太少了。

这才一杯。我说，后劲也太大了，我现在开心得不得了。

开心就好。

我要写评论，我说。

你不是写小说的吗？

我也得写评论，我说，要不配不上我的小说。

你是想挨打是吧，珍妮花说。

我写外国作家评论，我说。

写写写你随便写，珍妮花说。

我写外国作家评论我也写中国作家评论。我说，我什么都写。

怎么又绕回来了，珍妮花说，真为你心急。

我说你是真心急，我是真心痛，我的心太痛了。

你以后搞评论不要指名道姓，最多只说有一种现象，只要说现象，大家就觉得是在说别人，珍妮花说。

我说必须指名道姓，要不他们都会觉得是在说别人。

你还是别搞评论了，珍妮花说，你做人不行，做人不行的人搞不好评论的。

我写小说行！我说，我不做人！

你拍啥桌子啊，珍妮花说，你给我停！现在他们真的在看我们了。

我不做人了！我又说了一遍。我根本就没有意识到我在拍桌子，这酒的后劲实在太大了。

后记：我和珍妮花后来去海滩了。从餐馆出来我们又走了好几步，有一个台阶给我们下，我们就下了。谁都没跳，有台阶我们就不用跳了。正值落日，拉古纳海滩全是人，有人遛狗还有人放风筝。我们就在海滩上狂奔起来。珍妮花跑得太快了，我憋了一口气都没追上她。我的脑子里只有一句，“在拉古纳海滩漫游是一种精神享受”。这是谷歌说的，这一句可不是小说。

和维维安一起爬山

我正在看前一天的日志，不知道是谁，写得很潦草，今日无事。

再看前一天的，再前一天的，都一样。

翻到一个密密麻麻写了两页的，极为详尽地叙述了那天的天气，与轮值老师的一番对话，还对中心的设施提出了几点意见。署名，维维安。我在网页上看到过她的照片，短发，嘴角有颗痣。印象很深。

我值完班，在日志上写，今日无事。

正在写无，听到有个女的叫我的名字，用的中文。

我转过头，短发，嘴角有颗痣，维维安。

你好，她向我伸出手，我是维维安。

你好维维安，我说。我们握了下手。

我今天没班，我就是路过，维维安说，我就想着进来喝杯咖啡。

我从来不喝咖啡，我说，我也不吃辣，要不心跳会加速。

我们应该一起吃个饭什么时候，维维安说，我前些天在网站上看到了你的照片我就这么想，我们得一起吃个饭。

没问题，我说。

不辣的那种，维维安说。

好，我说。

要不就现在吧，维维安说，你吃饭了吗？

我说没。我本来想着回家的路上买个三明治。

就在食堂吃个卷饼怎么样？维维安说。

我说好。我们就一起去吃饭了。

过了几天，维维安约我去爬后山。我说我从来没有爬过后山。

你来了多久了？她问我。

三四个月吧，我说。

你从来没有爬过后山？

没有，我答。

那你每个傍晚都在干什么？

做功课，我答。

做完功课以后呢？

我经常做到半夜都做不完，我说。

我听到电话那边很重的叹气的声音。

那周五吧，她说，周五咱们去爬山。

我不太想去爬山。但我又不好意思说不，我就说，好吧。

过了周五，维维安没给我打电话，她好像完全忘了爬山那回事。我松了口气。

礼拜天我去了中心的咖啡会，我很少去，因为就是一群闲人，端着咖啡站在那儿闲聊。我也不喝咖啡。

我去了，我也不知道为什么。

我端了一杯咖啡，一个老头站到我旁边。你知道不知道《图兰朵》？他说。我说不知道。

我去过上海，他又说。

我看着他，笑了一笑。

我到了旧金山就像到了上海，他说，到处都是中国人。

我不想再笑了。不好意思，我说。我把头扭向另外一边我就看到了维维安。也许我来这儿就是为了维维安。

维维安很快地向我走来，我们一起站到了咖啡桌的最里面。

别在意，维维安说，就是那种人。

没什么，我说，不过我还真是头一回碰见。

他跟每个中国人都这么说。维维安喝了一口咖啡。

真的？我说。

真的，维维安说。

他看得出来我们是哪儿的人？

你看不出来？维维安说。

我分不太出来日本人和韩国人，我说。

再待几天你就分得出来了，维维安说。

有什么不同吗？我问。

其实也没有什么不同的，维维安说。

黑咖啡？我看了一眼维维安的咖啡。

对，维维安说，我不加糖的，我什么都不加。

你也可以不要咖啡，那边有茶包。她看了一眼我的咖啡杯。

我也不想喝茶，我说。我喝了一口咖啡。

我们去逛集市吧，维维安说，秋天集市。她提都没提爬山的事。

哪儿？我问。

就在白场，维维安说，走。

好吧，我说。

也就五分钟，我们就走到了白场。我来的时候竟然不知道这儿有集市。我什么都不知道，要不是维维安什么都知道。

一堆白色帐篷，每个帐篷都卖东西，石头做的烛台，草编的家具，首饰，画。我站在一个寿司机的摊位前，看了一会儿做寿司，米饭放入一条长木盒，再放一条小黄瓜，翻个身，寿司做好了，我看了第二遍。左边是卖铁艺蝴蝶和鱼的，只要放在太阳光下面，那些蝴蝶和鱼就会动。右边是个卖辣椒酱的墨西哥老头，那些酱都是彩色的。

你在家做饭吗？维维安问。我说我不大做饭，我不大会。

寿司最简单了，维维安说，你买个竹帘子，一卷就行，不用买这种盒子。

我说哪儿有卖竹帘子的？

中国店就有，维维安说。

中国店卖竹帘子？

中国店什么都卖，维维安说。

好吧，我说。

维维安买了一瓶彩色的辣椒酱。墨西哥老头顿时笑了一脸皱纹。Gracias，他说。

维维安也堆了一脸笑，然后她说了一个长句子，我猜测是我祝您身体健康万事如意的意思。

我只会说Hola，所以我什么都没说。

这辣椒酱怎么吃啊？我问维维安。

蘸玉米片啊，维维安说，也可以蘸卷饼。

好吃吗？

不太好吃。维维安直接地说。

那你干吗买嘛，我说。

开心啊，维维安说，买了开心。

好吧，我说。

去爬山吗？维维安突然说。

我看着她。

下个周五吧，她又说。我松了口气。

晚上有个秀，她说，去看吗？

哪儿？

就在亚美中心，她说。

你怎么知道的？我忍不住问。

她笑了一笑。

我们就一起去看秀了。

第一个节目是乐器演奏，一个女的，穿着红旗袍，抱着一把琴，坐在舞台中央，我不太确定那是一个什么乐器，很可能是琵琶，也可能是月琴什么的。弹到一半，她停了下来。很抱歉，非常抱歉。她说，指甲掉下来了。然后她开始缠指甲。我扭头看了一眼维维安，维维安很专注地望着她缠指甲。指甲缠好了，她继续弹。

然后是演唱节目，一个女的，也穿着一件红旗袍，站在舞台中央。前奏都过了，她还没开口。很抱歉，非常抱歉。她说，我们重新开始。

我有点想走了，我压低声音对维维安说。

维维安看着我。

我还有作业没写完，我说，明天要交的。

好吧。维维安凝重地点点头。

我小心地离开了座位，弯了腰往出口走，红旗袍主持人正在讲接下来的说唱表演彩绘了亚美文化的融合与协调。我再回头看了一眼，两个扎了头巾又戴了帽子的青少年从舞台两侧跳上台，指手画脚，绕起圆圈。维维安很专注地看着他们。

然后就是感恩节了。卡萝邀请我去吃晚饭，周五。卡萝家是我的host family，我到美国的第一天就是卡萝去机场接我的。我猜测维维安不会打电话给我，所以我就去吃晚饭了。

饭前祷告的时候卡萝握住了我的手，她的手有点抖，我也没有闭上眼睛，我在看对面的墙，那儿新挂了一张结婚照，她的第二个儿子娶了一个黑人姑娘。她最小的儿子娶的是一个出生在纽约的中国姑娘，我见过那个姑娘一次，小麦色的中国姑娘，都不太像个中国姑娘了。我不大听到大儿子的消息，不知道他娶了一个什么样的姑娘。

卡萝给我看一封刚从日本寄来的信，信里夹着一张全家福照片。

他们在这儿认识的，卡萝点了点餐桌，说，他们陷入爱情，结婚，生孩子，他们回日本的时候那个宝宝还抱在手里，现在都那么大了。

我看了一下照片，一对日本夫妇，和一个日本孩子。我想起来了维维安说的，再过些日子你就能够分辨出他们来了。

我把照片还给卡萝，卡萝又认真地看起照片来。

然后我把沙拉传给旁边的韩国人，她说她不要。

我肚子疼，她说，我不要吃冷的东西。

没事吧？我说。

千层面可以吃，她说，千层面是热的。我把千层面传给她。她挖了一小块，放到她的碟子里。

那等会儿的冰淇淋你也不要了？我说。

对，她说，我不能吃冷的。

我要是吃冷的我也会肚子疼，我说。我也挖了一块千层面，放到我的碟子里。

我肚子疼是因为我流产了，她低声说。

我的手都凝固了。很抱歉。我连忙说，我很抱歉。

没事，她说。她还笑了一笑。

卡萝好像在讲西班牙地震，很多时候我还是听不大懂她大部分的词。

家里人没事。坐我对面的西班牙人说，但是我家离震中很近，墙都裂了。他就是这么说的，墙都裂了。

维维安的电话果然没有来。

然后又到了下一个周五，我去了一个BBQ。我还挺喜欢这种BBQ的，一个汉堡就是一个好晚饭，有时候还会有素肉饼。

你上周又去卡萝家了？排我后面的人突然问我。

我正往嘴里塞了一片玉米片，只好回转头，满嘴碎屑地说，是啊，我去了。

他笑了一笑，笑得古怪。我想起来他比我晚一天到，也是卡萝去机场接的，也是卡萝开车送他上学，后来卡萝带他去自行车铺买了一辆自行车，他就自己骑自行车上学了。

你怎么没去？我把那片玉米片咽了下去。

我忙啊，他说。

忙什么？我问。

好吧我不忙，他说，其实就是没意思。

我看着他。

没意思，没劲，他说，你说吧，在那么一个你做不了主角连配角都做不上的地方，有什么意思呢？没意思。

不好意思，我说。我把头扭向另外一边我就看到了维维安。

我向她使劲地挥手，她马上冲到了我的面前。

爬山吗？我主动地问。

最近特忙。她遗憾地耸耸肩，等忙过这阵。

我接过了我那块素肉饼，都有点焦了，我往上面挤了一堆黄芥辣。

你不是不吃辣吗？维维安说。

我要是很不开心就会吃点辣，我说。我又挤了一堆番茄酱，抓了一把生菜叶。

你气什么？维维安说。

没什么，我说。

等忙过这阵我们就去爬山，她说。

好吧，我说。

明天你想去华庆会吗？她竟然又说。

华庆会又是什么？

我也没去过，她说，我就是昨天晚上看史东夜话，有个人打电话去说，今年的华庆会一定要严禁炸臭豆腐，太臭了，太丢我们中国人的脸了。

有臭豆腐？我说。

当然有啊，她说，肯定什么都有。

那去啊，我说。

开了一个多小时，不过是维维安开车，我也不好说什么。泊车的时候我赶紧出了泊车费，三块钱。

露天大舞台上站着一位浓妆女士，举着话筒，我听不到她在讲什么，话筒的效果很不好，她更大力地喊，简直是声嘶力竭，我仍然听不到她在说什么。

我们找个位置坐一下？维维安说。

我看了一下台下，第一排都是老头和老太太，而且所有的老太太都穿着丝绒旗袍，我就说我不要坐。然后我看到了一位小姐，戴着一顶大皇冠，坐在正中间。

你看她，我对维维安说，一个选美皇后。

前年的。维维安定睛看了一下，说。

你怎么知道的？

你看她斜挎的那条带子。维维安说。

看见了，我说。

上面写着年份，维维安说。

我也定睛看了一下，那条带子上什么都没写。

那边在排队，维维安指了指远方。

那赶紧去排啊，我说。我们就一起排到了那条龙尾。

排了一会儿，太阳都快把我们晒晕了。维维安说她去前面看一看，她就去前面看一看了。

我继续排着队，队列一动都不动。

旁边的人都走来走去，有一个人我都看着他来回走了三趟了，同一个人。旁边的草地上也坐了一堆人，有位女士在唱歌，话筒的效果挺不错的，至少比大舞台的那个要好。

我肯定闻到了炸臭豆腐的味道，隐隐约约。

队列还是一动不动。

维维安回来了。前面不是炸臭豆腐的，她失望地说。

那前面是什么？我说。

一个道观，她说，好像。

那我们就进那个道观看看吧，我说。

还没开，维维安说。

那这堆人在排什么？我说。排在我前面的老太太回头看了我一眼。

等开门吧？维维安说，我们也再等等？

这个时候我就看到了那位前年的选美皇后，第一排的老头和老太太，一群人，簇拥着从队列的旁边走了过去，直接进入了那个道观。是道观吧？好像是道观。

我不排了，我说。

那就不排吧，维维安说。

我们也走来走去走了三圈，根本就没有炸臭豆腐的摊位。

你在想什么？上车的时候维维安问我，你在想为什么找不到炸臭豆腐摊，但是闻得到臭豆腐的味道？

你也闻到了？我说。

我当然闻到了，维维安说，谁都闻到了。

可是我没想这个，我说，我想的是，三块钱就泊了二十分钟？

那我们下车？维维安说，我们再去转三圈。

不要了，我说。

维维安发动了车。

再见到维维安是在急诊室。

我去急诊室是因为我肝疼，当然后来我明白了，肝是不会疼的。我感觉到肝疼是因为我觉得肝会疼，事实上肝是不会疼的。

但是维维安为什么在急诊室，凌晨三点半，我也顾不上问她为什么。

这么大的医院，这么大的急诊室，我谁都没碰到过，我就碰到维维安。我后来想一想这个问题，都有点想不下去了。

后来我也没有问过她为什么在急诊室，她也没有问过我。我进去的时候她刚好出来，大家的脸色都不太好，还是不要问为什么好了。

我做了两次MRI，我到现在也不知道为什么是两次。等结果的期间维维安过生日，我去安全路给她买蛋糕的时候也拐进了隔壁的大五，给自己买了一双原价的直排轮。

这也太大了吧，维维安看着那只蛋糕，说。

只有长方形的了，我说，我没看见有圆的。

长方形的也行，维维安说，谢谢你啊。

我们就一起吃蛋糕了，我绝口没提MRI那三个字。

MRI的结果当然是没事，但是我等了十四天，那十四天里我还发誓我再也不恨所有的仇人了，我爱全世界的人。我还买了长方形的生日蛋糕。至于大五的直排轮，本来也是可以退的，我没退，我突然就想到了维维安买那瓶辣椒酱时候说的话，买了开心啊。

我现在都有点想不起来我是怎么跟维维安去爬山的了，也不是一个周五，甚至不是一个特别好的天。而且准确地说，也不是山。而是学校后山前面的那块高地，高地上有很多房子。我们就在那块高地上走。

我竟然不知道还有那么一个地方，那么多的好房子，每一幢房子的旁边都种了好几棵大树。维维安飞快地走过那些房子和那些树，我紧紧跟着她。走了还没一排房子我就累了，我停在一幢好房子前面，喘不过来气。

维维安也只好停下来，她回转身望着我，我都听到了她在心里面叹气的声音。

这个时候那个房子草坪上面的自动洒水机突然开动了，它转了个圈，把水花也转成了一个圆圈。傍晚的太阳下面，就有了一道小彩虹。

我们站在那道彩虹的两边，看了一会儿，谁都没说话。如果这个时候有一辆车路过，车里的人只会看到有两个女的在看一个洒水机。因为那道彩虹实在太小了，如果不是站在两个特别巧合的位置，肯定一点都看不到它。

洒水机停了以后，维维安继续往前走，我小跑几步，追上她。

天慢慢地黑了，房子和树都成了一团一团的，再也分不出来哪儿是房子哪儿是树。

呼吸，维维安说，注意你的呼吸。

我已经上不来气了，我说。

以后你每天都要出来爬山，维维安说。她的脸在一团房子或者树叶的阴影里面，我看不到她的表情。

不要，我干脆地说。

你要，维维安说。

我不要，我说。

你要爬山，维维安说，你会好起来的。她就是这么说的。

帮维维安搬家

我这周日搬家，维维安说，你能来帮我搬家吗？

没问题，我说，我就是这么说的，没问题。

维维安是我的爬山朋友，吃饭朋友，急诊室朋友。我们爬过一次山，吃过一次饭，在急诊室碰到过一次。现在她邀请我做她的搬家朋友，我想应该也只有一次。没有人会天天搬家，最多一年搬一次，下一年，我也不知道我在哪里。

我应该叙述过无数次那次爬山，有一个洒水机洒出了一道彩虹，晚霞特别美丽。维维安说你要爬山，你就会好起来。

我也叙述过无数次那次急诊室，维维安说你要笑，你看我痛成这样了我还能笑，你为什么不能笑？我说我就要死了我笑？

吃饭那次，我有点想不起来吃的是什么了，倒是突然想起来我们为什么要去爬山。可能是爬山的前一天我跟着学生会活动去了一个海滩，大浪打过来的时候一个本科生走到我面前问我是不是美女作家，我说我不是。同名同姓，我又说。维维安就说我们去爬山吧，你会好起来的。

爬过山，吃过饭，看过急诊，就过年了，我回国过年。过完年回加州，还在机场，接到维维安的电话。

我这周日搬家，维维安说，你能来帮我搬家吗？

我没什么东西的，维维安说，我就不爱囤东西。

我说没问题。

我看了一下自己的行李，一个箱子，我也不爱囤东西。我回国的时候也是这个箱子，我什么都没带回去，也什么都没带过来。

星期天一大早我就到了维维安家的楼下。我给她打电话，她不接。我继续地打，她继续地不接。

我敲开她的房门时她表现得刚从梦中惊醒。

你今天搬家知道吗？我问她。

她缓慢地点头，好像还在消化她的梦。那我们来收拾吧，她突然说。

我看了看她后面的床，简直可以说是一塌糊涂。

我来收拾床，她说，你收拾衣柜。

我说好吧。拉开衣柜门。我说还是我来收拾床吧。

衣服很简单的，维维安说，只要塞进去就行了，不用叠。

我最后记得的是我至少装了十个纸箱，还没有把她的衣服装完。鞋还没装。

维维安给了我另外十个纸箱装鞋。

回国见谁了？她一边装一边问我。我也不知道她在装什么，从我的角度，她只是走过来走过去，什么都没干。

珍妮花，我说，你师姐。

是吗？维维安说，她也回国了？

其实也没见到，我说。

为什么？

她说她不能见人，我说，她在电话里说她病了。

什么病？维维安说。

我说我也是这么问她的？什么病？

不知道什么病，珍妮花说，全身起包。

过敏吧？维维安说，得擦点什么。

我说我也是这么说的，过敏吧？得擦点什么。

擦什么都没用，珍妮花说，医生叫我睡觉。

还有不能见人。珍妮花补了一句。

你都干什么了？我说。

我什么都没干！珍妮花说，回来第一天朋友请吃饭，第二天朋友请吃饭，第三天朋友请吃饭。

我说哦。

所以我不能见你，珍妮花又说。

不用不用，我说，我也就是来办点小事，马上就走。

放下电话，看了一下大门口，除了门童，一个人都没有。旁桌坐着两个男的，一个说，最近也没忙什么，接了一个小case，也就几十万的小赚头吧，另一个说，这么小的单，接它做什么。

我又看了一下大门口。

两个男的继续说，想去fa国游学来着，可是忙啊，另一个说，我在米国的朋友也写了多少E-mail来请我过去，我又没有假期。

我怀疑这两个人就是说给我听的，我就站了起来，走了。

我把上面这段完整地给维维安叙述了一遍。

珍妮花朋友太多了，维维安说，她回国就两个事，跟朋友吃饭，买书。

买了也带不过来啊，我说，书太重了。

她买了个房子装那些书，维维安说，所以她经常买到重复的书，不过也没事，就放那个房子里面，她过来就带一箱，下次再带一箱，再下次再带一箱。

我想起来珍妮花这边的房子里也有很多书。

你怎么有这么多书的？我问过珍妮花。

我每次回国都带一箱书过来，珍妮花是这么说的，我不买衣服我就买书，而且你注意到你来的路上有一间中式家具店吗？

我注意到了。

它也卖书，珍妮花说。

我进去转了，我说，家具店还卖书。

珍妮花笑了一笑，说，我在它家也买了好多书。

我想到了，我说，那些书是放在家具里面作为防止家具撞坏的材料海运过来的。

珍妮花说不会吧。

那那些书是怎么来的？我说。

我怎么知道，珍妮花说。

我只去过珍妮花的家一次，家具店也是那一次，我一本书都没买。珍妮花请我吃饭，一道大盘虾蘸酱，印象特别深刻。

后来我搬家前请珍妮花来我宿舍吃个饭，一碗味噌汤，一盘意面。因为我就一个盘子，一个碗，一个锅，炒完菜烧汤，多了我也没容器。我搬家，挎上电脑包，一手拖行李箱，一手端锅，锅里一盘一碗，就搬了。

不好意思啊，我说，寒酸，寒酸。

没有没有，珍妮花说，挺好的，挺好的。

有什么新闻吗？维维安问我，你这次回去。

我看着她举着一个咖啡机走过来，又走过去，至少三个来回。

没，我说。

要么我也看了一下医生，我又说。

什么病？维维安说。

不就是背痛，我说，我不是还去过急诊室嘛。说到这里，我看了一眼维维安，说，就是背痛。

中国医生怎么说？

看了骨伤科，骨质疏松专科，还看了类风湿专科，我说，都要我抽血。

抽了？

抽了三次，我说。

为什么不一起抽？维维安说。

他们三个互相不认识吧，我说，而且检验科的人也只认单不认胳臂，所以我只有一个针眼，在同一个位置，但是真的抽了三次。

至少换个位置抽嘛，维维安说。

就是，我说。

结果呢？维维安说，骨质疏松还是类风湿？

不知道啊，我说，吃了一堆药，我都抑郁症了，那些药还特别贵，还是自费。

文化震荡吧？维维安说，绝对不是抑郁症。

文化震荡叫你背痛？

文化震荡能叫你全身痛，维维安说。多震几次就不痛了，维维安又说。

我说你举着的那个咖啡机可以扔了吗？

这怎么能扔？维维安说，这可是很贵的。

这儿有什么新闻？我说，我回去这段。

这儿能有什么新闻，维维安说，要么有个女的，生不出小孩，就把邻居绑了，取出邻居肚子里的小孩做自己的小孩。

我说那不痛吗？

先杀掉吧，维维安说，就不痛了。

那小孩不是也死了？我说。

不一定吧，维维安说，要是马上杀马上取的话，小孩不一定死。

我们一起叹了口气。

竟然找邻居，维维安说，每天早上都要说早安的。

就是，我说，要找也要找不认识的。

我天天看柏拉阿图日报社会版。维维安说，你还是要看当地的报纸。

这很重要，维维安说，你一定要记住。

我点头。

旧金山的两条大狗，跳起来咬了一个女的的脖子，那个女的死了，他和她就请了两个律师来为他和她做辩护。维维安说，我看到了这条。

他和她？我说。

尊重，维维安说，不能用它，不礼貌。

我哼了一声。

你看美国店三十条货架，宠物食品三条架，狗粮独占一架，绝不跟猫食鸟食混了。

你不说我都没注意到，我说。

这就是了，维维安说，这是尊重。

今天要交出房间的吧，我说，咱们还来得及搬吗？

来得及肯定来得及，维维安说，我又没什么东西。说完她去洗手间收拾她的东西了。

我开始装她的鞋。

我去拉斯维加斯了，维维安在洗手间里说。

跟谁？我停了手。

我一个人，维维安说，六个小时就到了。

不叫上我？我说，至少我也可以看看地图的嘛。

就一条道到底，维维安说，我一个人也行。

赌钱没？我说。

没，维维安说，我看了个秀。

好看吗？

好看，维维安说，那些跳舞的女孩太好看了。

我说十个箱子不够啊，你的鞋也太多了吧。

维维安说挤一挤，不要紧的。

我开始挤她的鞋。

那些女孩都不穿的，维维安说。

好看吗？我一边挤一边说。

好看，维维安说，不穿也好看。

秀票多少钱？我问。

九十九。维维安说，加税。

天！我说。

就是看那些女孩，维维安说，青春不用穿衣服的。

你这么说我也没话说了，我说。

有的是要挣学费，维维安说，秀场又不能跳一辈子。

我埋头挤鞋子。

倒是见了林达，我说。

维维安在洗手间哦了一声。

我回去没见到珍妮花就见了一下林达，我说。

她还好吧？维维安迟疑的声音。

她说她什么都没干，我说。

维维安哼了一声。

其实她开了个英语补习学校，我说。

维维安很故意地大笑了一声。

我想起来林达跟我说把柏拉阿图城地上躺着的那些流浪汉都弄到中国去，都是英文老师，赚得不得了。我没跟维维安说这一句。

我走掉算了，我对坐在纸火锅后面的林达说，我再不回来了。

林达埋头吃火锅。走就走，谁在乎啊，你谁啊你，林达说。

你在这儿干什么？我问。

林达说也没干什么，就玩了一点。

我说哪一点。林达说就是那一点。

某个角度，林达和珍妮花简直是一模一样。

你男朋友为什么不来帮忙？我忍不住问维维安，至少他也可以开一车。

我东西又不多的。维维安从洗手间伸出半个头，一个VAN也够了。

你买了个VAN搬家？我说。

租的，维维安说，就一天。

我说那咱们还不快点！过了点又算一天。

来得及来得及，维维安说，别着急。

维维安的男朋友，我只见到过他一次，还是跟维维安吃饭那次，维维安正说到男朋友念商学院，之前转过一次计算机。我说那不贵死了，你供？就在那个时候，维维安的男朋友来了，就跟神话一样。

这么巧，维维安还说。

你们聊你们聊，维维安的男朋友得体地说，我约了人在那边。说完，冲我点了个头，又轻按了一下维维安的肩，走了。

所以我只见了维维安的男朋友一次，三秒，还是个侧面。

然后我也要念商，维维安继续说，他念完我再念。

啊？我说。

那你们要结婚吗？我又说。

还没想这个问题，维维安说。

要生小孩吗？

结婚都没想，还想小孩？维维安说。

你们以后会搬家去华尔街吧，我说，那再见不到了。

你想多了，维维安说。

那你为什么要念商呢？我说。

我喜欢，维维安干脆地说。

我想象了一下她未来的样子，顶楼的豪宅，一杯红酒，窗外是纽约市的夜，闪闪发光的夜。

我也想了一下我未来的样子，结婚，生小孩，住在新泽西郊区，周末给后院除草，假期去动物园。

厨房我来吧！我说，衣服和鞋都好了。

什么都别扔！维维安在洗手间里喊。

我把一包前年的中华面直接扔进了垃圾桶。

所有的箱子都塞好了以后维维安坐到了副驾位。

我说你干吗。

你开，维维安干脆地说。

我说我不会开VAN，还是个自动挡。

你会手动挡不会自动挡？维维安说。

不会！我说。

我也不会自动挡，维维安说。

那你还租了个自动挡！我简直用喊的。

他们开过来的，维维安说，我们只要搬好了再给他们开回去。

谁开？

你，维维安坚决地说。

我硬着头皮坐到了前座。我感觉我连车库都开不出去。

车到车库的自动门前面，维维安下了车。

我给你看好门，维维安说，我按住门钟，你慢慢往外面开。

门缓缓地开了，天都快黑了，有没有晚霞我顾不得张望。

车头出了车库门，停顿在了大门的正下方，也就三秒，门又缓缓地往下落。

走啊走啊！维维安在外面喊。

车不动，我也不知道发生了什么。有过一个瞬间，我想过我要跳出车门。但是我没有，我也一动不动。

门缓缓地落下，落下，最后一声巨响，砸在了车顶。

不知道维维安租车的时候有没有买保险。这是我最后的一个念头。

洛芙特

珍妮花打电话给我。

我把我老公的钱包扔到抽水马桶里去了，她说。她就是这么说的。

我说钱包里面的现金拿出来了没有？

她说你们江苏人怎么都那样？！

我说我们江苏人怎么样了嘛？

他把他所有的衬衫都从衣柜里扒拉出来，扔到地板上，用脚踩，珍妮花说。

珍妮花熨那些衬衫都是要熨一整天的，我知道，我每次去找她，她不是在熨她老公明天要穿的衬衫就是在熨她老公后天要穿的衬衫。

除了熨衬衫，珍妮花好像也不干别的。她甚至很少碰她自己的家，如果我在她的一张桌子旁边坐下来，她就掏出一张厨房纸使劲地擦那张桌子，擦过桌子的厨房纸都是黑的。

别那么看我，她一边擦一边说，我上班就只用一边，要不是你来我根本就不用擦另外一边。

我马上站起来，离她的上班桌子远一点。

珍妮花是个在家上班的程序员，按件计的小时工，所以她要熨她老公上班的衬衫，但是不要熨自己上班的衬衫。而且她不喜欢小时工那三个字，她更喜欢用上班这个词。

在家上班的钱比去公司上班的钱少多了，珍妮花说，我又有什么办法呢？我生了孩子，我得带孩子，我只好在家里上班。

但是珍妮花也不怎么管那个孩子。珍妮花把他放在沙发上看电视，一看一整天。

我得上班啊。珍妮花就是这么说的。

怎么会有这种江苏人的？我只好说。

我气得不行了，珍妮花说，我把他的名字写在门背后，我用脚踢。

门会踢坏的吧？我说。

珍妮花在电话那边沉默。

我说要不这样，你把他名字写在地上，用脚踩，使劲踩。

珍妮花说对！

到了晚上，我有点后悔，就给珍妮花打了一个电话，她没接。我开始想象她跟她的江苏老公和好了，然后她觉得我这个朋友太恶毒了，不配结交。想到这儿，我都后悔搬来新港了。

第二天一早珍妮花的电话来了。去逛街吗？她的第一句，完全不提不接我电话的事。

你跟你老公没事了？我说。

十五分钟以后，洛芙特见，她简洁地说。

为什么洛芙特？我几乎不去洛芙特。但我还是赶紧赶到了洛芙特。新港购物中心一楼，安泰勒洛芙特女装店。

新港购物中心只有安泰勒洛芙特，没有安泰勒，安泰勒洛芙特不是安泰勒，安泰勒洛芙特就是安泰勒洛芙特。我也注意到了，如果一个商场有了安泰勒洛芙特就不会有安泰勒，有了安泰勒就不会有安泰勒洛芙特。

店里很空。一个店员似乎在用眼白瞪我。我假装完全不在意她，我假装看了几排衣服，拿了一件14号，走去试衣间。从她身旁走过去的时候，她仍然瞪着我，我真有点生气了。

我几乎不去洛芙特，家庭妇女去的地方，要不是珍妮花约我在这里。

很空的试衣间，一间锁着。珍妮花，珍妮花。我小声地呼唤。

珍妮花敲了敲她的门以示回应。

我推开她隔壁的那间，开始试我那件，14号穿起来跟4号也没有什么区别，不管是14号，还是4号，都是一个家庭妇女。

我换回自己的衣服，把14号放回它原来的地方，再到试衣间门口，珍妮花还没出来。

珍妮花，珍妮花。我又小声地呼唤。

干吗？她倒不耐烦了。

你试个衣服要试这么久的吗？我说。

珍妮花不理我。又等了许久，她的门开了。走吧，她说。

我看了一眼她的后面，那些衣服和衣架都分别挂在钩子上，至少有十件。我就说你至少要把衣服挂回衣架吧？珍妮花回头看了一眼，说，店员会整理的。

我说不好吧。

她们都这样，珍妮花又不耐烦了，我挂到钩子上算不错了，还有人全留在地上呢。

谁？我问。

林达，珍妮花说。住你隔壁的林达。

我想象了一下林达。林达的确像是会干这种事的人。但是珍妮花不像。我就说，她是她，你是你。

所以我不约她一起来洛芙特，珍妮花说，她真的试所有的衣服，然后把它们全部扔到试衣间的地上。

林达丢光了所有中国女人的脸，珍妮花又说。

我想象了一下刚才店员瞪我的眼神。

所以我不约她，我约你，珍妮花说。

咱们还是别来洛芙特了吧，我说。

就是，珍妮花说，搞不好就买到林达退的衣服。

走吧，我说，去香焦共和国看看吧。

我不去香焦共和国，珍妮花简短地说。

维多利亚的秘密？

我也不去维多利亚的秘密，珍妮花说，我就待在洛芙特。

你相信吗？珍妮花又说，林达买了半年的洛芙特都退得掉。她从来不把商标剪掉，她穿的时候就带着标穿，快到六个月的时候，她就来退掉。

你怎么知道的？我说。

我有什么不知道的，珍妮花说。

我又想象了一下林达，她确实每天都来购物中心，我每天都看到她穿新衣服，每天一头硬邦邦的卷发。但我那时候想的全是她的头发到底是怎么烫出来的，我想都没想她的衣服是怎么回事。

我跟林达翻脸了，我说。

为什么？珍妮花说。

有一天我在楼下的电梯口碰到她，她说她做了鲫鱼汤，邀请我去她家吃。

你去了？

我当然去了，我说，我又不会做鲫鱼汤。

珍妮花叹了一口气，你后来还她了吧。

还了当然还了，我说，我第二天就还了，我请她吃比萨了。

她告诉每一个人你什么都不会，笨得要死，一到饭点就晃来晃去可怜得要死，珍妮花说。

她真这么说的？

她真这么说，珍妮花说。

我说对了安妮阿姨好像开了，陪我去买个pretzel吧，我还没吃饭。

珍妮花白了我一眼，你真的什么都不会。

我就去过林达家一次，就那一次，我说，之前她从来不邀请我去她家，还鲫鱼汤。

她家什么样儿？

我说我不记得了。

你真的什么都不会。珍妮花又说了一遍。

我就记得一进门是张大照片，林达戴着博士帽穿着博士袍拍的照片。

林达是个博士？！珍妮花说。

林达不是一个博士，我说。我还问她了，她说那袍和那帽都是她老公的，她老公可是哈佛的。

天！珍妮花说，我可不会穿我老公的博士袍，还拍照。

我老公耶鲁的，珍妮花又说。

我想象了一下那个耶鲁博士把他所有的衬衫都从衣柜里扒拉出来，扔到地板上，用脚踩。

我再也不要理林达了，我说。

就为了个鲫鱼汤翻脸？珍妮花说。

还不是这个，我说，记得梅西百货上周往我们每个信箱都放了一张优惠券吧？

梅西经常寄券，珍妮花说，我都是一拿到就扔了。

我也扔了，我说，但我扔了以后又需要一把刀，我需要那张券买一把刀。

我已经扔了，珍妮花说，我也没券。

我就给林达打电话了，问她的券有没有扔。我说，她说她没扔，她也不要买刀。

你拿不到券的，珍妮花说，我肯定。

对，我说，林达不肯给我券，她说她把券放在哪本杂志的下面了，她说如果要她移开杂志拿券她觉得太麻烦了。

林达就是这种人，珍妮花说。

对啊她还不如直接说扔了呢，转了这么大的一个弯。

我也跟林达翻脸了，珍妮花说。她开始把衣服挂回衣架，为了节省时间我帮她一起挂。我可不是为了外面那个翻白眼的店员。

有一天我想去河边散散步，珍妮花说，我就打电话给林达。因为我们都知道林达每天早上都会去河边散步的嘛。

我点头，林达每天早上都会去河边散步。

我问她天气怎么样，珍妮花说，我问她是为了决定穿哪件厚度的衣服，毕竟我好少去河边散步的。

当然穿厚一点啦，我说，河边有风。

珍妮花说是啊，我为什么不打电话给你要打给林达呢，林达说的是今天真热，热得我以为夏天跳过了春天直接来了呢。

她真这么说的？

她真这么说，珍妮花说，我就穿着一件花衬衫来到了河边，河边还积着雪呢，还刮大风。

我点头，我说我记得你那件花衬衫。

我咳嗽了整整一个月！珍妮花说，就是那天冻的！

还咳吗？我说。

不咳了。珍妮花说。

林达为什么要这样。我说，损人也不利己啊。

她就是那种人，珍妮花说，她整天尽做那些损人不利己的事情。

我们都不要理她了，我说。

我们都不理她了，珍妮花说。

我们就一起出了洛芙特，白眼不白眼的店员我们都不想理了。我们去了隔壁的维多利亚的秘密。

有时候有大减价，珍妮花说，2.99一条。

那得到圣诞节，我说。

不一定圣诞节，珍妮花说，所以我经常来看看，有时候有，有时候没有。

我上个圣诞节买了只狗，我说。

维多利亚的秘密有卖狗的吗？珍妮花说。

有啊有啊，我说，我还买了一个包放那只粉红狗，包包也是粉红的，上面白色的圆点。我想了一下，想不出来把那只维多利亚秘密的狗和包放在哪里了。很多时候我也不知道我为什么要买一些我根本就想不出来的东西。

珍妮花把手里的那条5.99或者6.99放下了，我们一起出了维多利亚的秘密，就出了购物中心。

然后她说她要去那边的小杂货店买点东西。我说反正顺路，我跟你一起去好了，反正我也没有去过那间杂货店。

珍妮花略一犹豫，说好。

她在那间小杂货店买了一卷圆筒纸，又买了一张彩票。

你也买一张吧，珍妮花说，我每天都买一张。

我说不要。然后我们挥手告别。珍妮花说她要赶回去睡午觉。

我说我从来不睡午觉，睡午觉太浪费时间了。

珍妮花说我睡完午觉还要上班的，我又不是一个家庭妇女。

我说那我就是一个家庭妇女？我当然没有说出来。我目送她的背影，越来越远。然后我去小杂货店旁边的小意大利快餐店外买了一盒通心面。这也是我第一次在这间外餐店买东西，多数时候我都是走另外一条路回家。

拎着外卖过红绿灯的时候我又看到了林达。林达还是一头硬邦邦的卷发，挎着她的那只古驰包包，走起路来特别意气风发。

我赶紧把头扭到另一边，我想的是只要我以为我没看见她，我就真的没有看见她。

擦肩而过的时候她的包包好像撞到了我，很硬，非常硬，硬得都不像是一只真正的古驰包包了。

生日会

吕贝卡邀请我去她的生日会，工程师说。

她怎么不请我？我说。

你又不是她的朋友，工程师说，但你可以作为我的客人跟着我去。而且葛蕾丝也邀请了我去她的生日会。

在哪儿？我说。

切尔西码头，工程师说，吕贝卡的。

葛蕾丝的呢？

她家，工程师简短地说。

你也可以作为我的客人跟着我去，工程师又说。

你的朋友不就是我的朋友？我说。

我的朋友就是我的朋友。工程师冷漠地看了我一眼，说。

吕贝卡和葛蕾丝都是工程师的朋友。我有时候见到吕贝卡，有时候见到葛蕾丝，但是我从来没有见到过吕贝卡和葛蕾丝，或者葛蕾丝和吕贝卡。她俩就像是商量好的一样，从来不同时出现。

但是她俩都是科学家，真的科学家。尤其葛蕾丝，葛蕾丝上过《科学》。每次工程师用葛蕾丝上过《科学》教育我，我就会用我也是上过《人民文学》的来回应他，但是工程师用吕贝卡天天上健身房来教育我我就没办法了，别说上健身房，仰卧起坐我都不做。

我和工程师共同的朋友大山给我讲过葛蕾丝数手指的故事。

葛蕾丝为什么要数手指？我问。

太聪明了，大山说，什么都懂，实在没事干，只好数手指。

你怎么知道的？我说。

我看到的啊，大山说，她就坐在我前面。

我的脑海里就出现了画面：大山满头大汗地抄课堂笔记，一抬头，葛蕾丝玉洁冰清地数着手指，大山就被定格在那个瞬间了，再也没有清醒过来。

那是玩手指不是数手指好不好，我说。

葛蕾丝结婚了，工程师直接地说。

大山顿时沉默。过了一会儿，大山幽幽地说，什么样的人可以娶到葛蕾丝啊？

工程师好像经常这么干，他还会故意跟葛蕾丝提吕贝卡，葛蕾丝会假装一时半会儿想不起来，要过一会儿她才会说，哦，吕贝卡啊。他也会故意跟吕贝卡提葛蕾丝，吕贝卡很干脆地说，不记得了。

我也不知道工程师为什么要这样，很多时候我都会觉得他很陌生，根本不认识。

吕贝卡切尔西码头的生日会让我们沿着哈得孙河找了一个钟，我几乎要跟工程师打起来。

全部都是灰白的楼，每一幢都一模一样，在这样的地方办生日会。风还特别大，风本来就大，再加上码头，简直是台风。

我后来甚至做梦梦到那些楼，我在我的梦里根本就没有找到那个茶室，但是我穿了一件风衣。

走了几条街？我确实想不起来了。走过的街有没有再走过？我也完全不知道了。

最后走过一个黑色橱窗，靠窗的一桌人冲我们挥手，总算是找到了。

吕贝卡穿了件小礼服，还戴了顶电影《蒂凡尼早餐》里面的那种大宽檐礼帽。而且她夸张地跟我拥抱，我只好说生日快乐。可是她是工程师的朋友，不是我的。

礼物是工程师准备的，我也不知道是什么，很可能是一本书。吕贝卡高兴地接受了，我怀疑那本书是她收到的唯一一个书礼物。

一桌人围着一张长方桌，桌上一棵圣诞树形状的三层银盘，每个银盘都放了三粒点心，或者四粒。没有人动那些点心。

吕贝卡递给我一粒。

没有糖的，吕贝卡是这么说的，这家日本茶室做的无糖点心最有名了。

吕贝卡也递给工程师一粒。工程师咬了一口，放下了。

我也咬了一口。硬，非常硬，我就记得这个了。也不知工程师是怎么咬得下那一口的。我也放下了。

喝什么？吕贝卡又亲切地问。

你们喝什么我就喝什么吧，工程师说。他就是这么说的。

我也只好这么说，你们喝什么我就喝什么吧。

两杯茶端来了，似乎是一种古代绿茶，完全不烫。为了配茶，我又咬了一口无糖日本点心。

一桌人说说笑笑，特别夸张的那种。可是没有一个是我认识的，也没有工程师认识的，因为吕贝卡向他一一做介绍，他站起来，跟每个人握手，并且说很高兴认识。

我观察了一下客人们，穿戴都很简约，但是全部标准的常春藤口音，然后我端起了不烫的茶杯，观察了一下环境，非常现代，非常工业，非常暗的一个日本茶室，吕贝卡为什么要在这里办生日会呢？而且吕贝卡为什么要邀请工程师呢？

我看了一眼工程师，发现真的不太认识他。

这个时候一桌人都大笑起来。后来我发现他们每隔十分钟就笑一次。后来出到大街上了，我问工程师，你笑什么？他说他也不知道笑什么，他们都笑他也只好笑。

切尔西码头的风实在太大了，跟吕贝卡告别的时候她的帽子飞了。她一边咯咯咯地笑着，一边去捡那个帽子，她还穿了个细高跟，风真的是太大了，她的帽子都到了两条街外。我就记得这个了。

葛蕾丝的生日会也让我们在大雪地里走了一个小时，但是我跟工程师竟然没打起来，雪大起来的时候他还紧握了我的手，我就说，你还爱我吧？他说神经病。

见到葛蕾丝的丈夫时我竟然想起了大山说的，什么样的人可以娶到葛蕾丝啊？

我就特别想跟大山讲，知道莫少聪吧？陈晓东？罗志祥？林志颖？反正就是一个大眼睛，他娶到了我们的葛蕾丝。大眼睛移开阳台的落地窗取来冰啤酒，大眼睛说阳台就是咱们家的大冰箱。葛蕾丝还做了个剁椒鱼头。

我观察了一下客人们，客人们竟然自来熟了已经，我们进门还没三分钟。全部讲中文的客人，都没有人讲英语了。我又观察了一下环境，餐桌后边那个宜家架子跟我的一模一样。

我就跟葛蕾丝讲，这个架子会倒吧？我钉的那个我总担心它倒。

你钉的时候要把后面那个对叉也钉上，葛蕾丝说，你不要觉得没用，既然它的说明书要你钉，你就要钉，钉了就不大容易倒。

哦，我说，那我回去把那个叉补上。

葛蕾丝点头。我们一起端详起那个架子。

有点歪好像，我说，你钉的这个。

葛蕾丝说是啊，是歪了，但不影响用。

我只好说我钉的那个也有点歪，一点影响都没有！

葛蕾丝说那我去端火锅过来啊，一半辣一半不辣，她笑着说。

可以这么说，葛蕾丝家的火锅可是我在城里吃过的最好吃的火锅。但我还是更记得吕贝卡，也不知道为什么。

工程师的那几个朋友我记得比我自己的朋友都清楚。比如他那个康州的朋友，那个朋友总打电话给工程师的前女友，听她在电话里倾诉，或者互相倾诉。她打了可不止一个，她俩倾诉了非常多非常多的话，她还不肯告诉工程师她俩都说了些啥。但她暗示她那些电话打下来，她就什么都知道了，工程师就是透明的了。我可不喜欢工程师是透明的，好像我也是透明的了，我只能在大家有机会见面的时候跟工程师的康州朋友说，他是这样的，我不是这样的，即使他以前是那样的，可是他不再是那样了。康州朋友跟我特别客气，她也许会跟透明的工程师说说笑笑，但跟我非常客气，也站得离我特别远，但她偶尔投来一眼，那种感觉非常不祥。

我也曾经收纳倾诉，就像一个垃圾桶，当你决定了做一个垃圾桶的时候你就必须喜欢垃圾。我收纳全部的垃圾，她们每一次与丈夫的吵架，吵架的细节，包括耳光在哪个瞬间落下，她们每一次与前男友在网上的调情，前男友露骨的情话，她们让我觉得，她们的衣冠禽兽禽兽起来真不是人。我活在垃圾堆里面，又不能够说出来，我也太难受了。我的一个加州朋友就跟我说，如果那些别人的秘密伤害你，你一定要在最开始的时候就说不。不不不，不说不说不说，不听不听不听。

工程师有他的康州朋友，我当然也有我的加州朋友，我在离开加州去纽约前夜吃了我的加州朋友做的粥和馒头，那个时候她还不是我的朋友，她是邻居的朋友，她们有时候一起种花和做辣子鸡。我去找邻居说再见，她就把我领到了加州朋友那儿，那个时候加州朋友已经做了一桌的芋头馒头。邻居说你吃点馒头吧，邻居的样子看来伤感。我就吃了一个馒头。我安慰邻居我只是去纽约，我不是去集中营。邻居说再拿一个走吧，我说不要了谢谢，邻居说那你喝碗粥吧。邻居让我觉得我即将到达的纽约的确就是一个集中营。那个时候加州朋友还不是我的朋友，她继续做着她的芋头馒头。我离开了加州，她就成为了我的加州朋友。

我的朋友们可没有一个会打电话给我的前男友。也许有过那么一个，她也不是我的朋友，不是我不承认她是我的朋友，而是她不承认她是我的朋友。我跟前男友去她家的时候她还没有不承认我不是她的朋友，后来她就不承认了，我不知道为什么，其实我也不知道我们为什么要去她家，我只记得她开门时候的脸，因为那个门特别黑，衬得她的脸特别白。她也投来了一眼，现在想起来，那种感觉也非常不祥。

然后她给我们端来了两碟奶油蛋糕。昨天是我的丈夫的生日，冰箱里还有蛋糕，她是这么说的。

我补祝她的丈夫生日快乐，然后吃了我的那片蛋糕，前男友没吃，他惊叹于她丈夫的书橱。

这么多的书啊！他一边惊叹，一边把蛋糕碟子放了下来。

出了门，我问前男友，你为什么不吃人家的生日蛋糕？一口都不吃真的不太好。

他说蛋糕上有一根毛。

我说哦。我说那也不要说得那么难听好吧，头发就头发，还毛。

他说真的是一根毛。

过了十年，我跟前男友讲事，工作事。讲完工作，前男友说还记得那谁吧，前阵我跟她在一个局碰上了。

我说她离婚了。

前男友说是啊我们都知道她离婚了，她要不离婚她也不能来北京混嘛。

我说那代我问个好啊。

前男友说那必须，我还跟她说你在这个夜晚好美呢。

我在想我说点什么好，但我有点想不出来，正想挂电话，前男友说，她嫣然一笑说，你竟然过了十年才看到我的美吗？你竟然不知道当年我是为你开的门而不是那个女人吗？

我马上把电话收了回来。我说，哪个女人？

你啊，前男友说，就是你嘛。

那你说什么？

我能说什么，前男友说，我也不知道我能说什么，我能说我知道？

可是咱俩去她家的时候还是男女朋友啊，我说，也不能这样吧。

回家后她又给我电话了，前男友说，她又把那一句重复了一遍：你竟然不知道当年我是为你开的门而不是那个女人吗？

我就说我知道了，前男友说。她说你真的知道？

知道，知道，前男友说，我真的知道了。她说那你为什么不表达嘛。

我怎么表达嘛！前男友说，那时我们的身边不还有个有个，那个女人嘛。她说我又不认识那个女人，我是为你开的门嘛。

我说那你问她知不知道蛋糕上有根毛。

什么蛋糕？前男友说，什么毛？

三打一

艾米正在用菜刀切炒米糕，艾米自己做的炒米糕。

我放了好多种果仁，艾米一边切，一边说。

会不会太甜？我说。

我没放糖，艾米说，炒米本身就是甜的。

艾米把切好的米糕装进盘子里，我注意到她没戴戒指。

卡萝琳也在厨房忙，厨艺方面能够跟艾米一拼的也只有卡萝琳了，卡萝琳做一切我能够想到的上海菜，要不是得在华尔街上班，她都可以去开鹿鸣春了。

布兰达也在忙，除了我，她们都在忙。

艾米开始切第二块米糕。确实没有戒指，她的手指看上去黏糊糊的，连戒指的痕迹都没有。

艾米跟老公是在网上认识的，认识第三天艾米的老公就飞到北京去跟艾米求婚了，王府井大街，单膝下跪。为什么王府井大街？因为他们的第一面就是约在王府井大街。艾米说了我愿意以后，艾米的老公站起来，牵着艾米的手去找金店，街边正好一个金店，他们就进去买了一个戒指。艾米就这么结婚了。

我猜测他们网恋的工具是ICQ，因为我用的就是ICQ，我还用过BP机。

艾米跟我也是在网上认识的，一个论坛，我在一个帖子下面留言说写的什么鬼，艾米跟在我的留言后面同意我的意见，我说不如建个新论坛，艾米也同意了这个意见。然后她就做了一个新论坛。那时候艾米在纽约城里上学，每天晚上回新泽西睡。我将要搬去纽约，就问了她不少关于房子的问题。城里的房子贵吧？新泽西的房子会不会便宜一点？城里的房子都小吧？新泽西的房子会大很多吧？但是新泽西的房子旧吧？新泽西的房子闹鬼吧？这些问题。

大雪的早晨，我抵达了新泽西。三天以后，我见到了艾米，也见到了艾米的朋友，卡萝琳和布兰达。

你是干什么的？第一次见面，卡萝琳问。她就是这么问的。

我说我以前是个写小说的。

现在呢？

现在我不写了，我说。

为什么？

我宁愿刷三面墙也不愿意再写一个字，我说。

你要控制你自己，卡萝琳说。她就是这么说的。

卡萝琳跟老公不是在网上认识的，卡萝琳跟老公就是同学，大学毕业，结婚。

布兰达跟老公也不是在网上认识的，布兰达跟老公也是大学同学，同学跟同学。

现在我们有四个人了，正好凑够个局，我们就打牌，三打一。

艾米做了炒米糕，正在切。卡萝琳和布兰达也在忙，我帮不上什么忙，就去翻艾米做的新论坛。有个人上传了自己的一张泳装照，看那姿势她肯定得有四十了。

那谁贴了张泳装，我大声说。

谁？艾米说。

肯定是那谁，卡萝琳说。

除了她还能是谁，布兰达说。

要拿过来给你们看看不？我说。

不要不要，艾米摆手。

过了几分钟，卡萝琳突然大笑起来，我也只好跟着她笑。

你们笑什么？布兰达问。

中年妇女晒泳装，卡萝琳说。

布兰达说哦。过了几分钟，布兰达突然说，这有什么好笑的。

我翻了一遍艾米的书架，没有一本是我想看的。我就坐在沙发上，睡着了。

一个大树林里，艾米招集了一个野餐会，每个人都要带一份自己做的菜的那种野餐会，我有点着急，因为我根本就不会做菜，有个女的带了一个三层蛋糕，自己做的蛋糕，雪白，还裱了奶油花，就跟个结婚蛋糕似的，她捧着她的蛋糕向我们走来，一道光直直地跟着她，走到哪里，亮到哪里。

我被叫醒的时候还在想那个蛋糕。我就脱口而出了，蛋糕！

我买了个胡萝卜蛋糕，等会儿拿出来吃，卡萝琳说。

艾米家的沙发这么舒服啊？坐着坐着还能睡着了？布兰达说。

我睡了一个钟头有没有？我到处找手机。

最多三分钟，艾米说。

怎么跟睡了三个钟头似的，我说。

梦到什么了？卡萝琳说。

一个树林，我说。

树林里有什么？

一个蛋糕，我说。

等下就吃蛋糕，卡萝琳说。然后她们开始摆桌子，我赶紧跟过去帮忙，我先把那三层雪白结婚蛋糕放下了。

说实在的，我更期待打牌前的饭，艾米和卡萝琳都太会做饭了，布兰达也会，但她总去计量营养成分，她做饭就没有什么自由了。

等下你老公来接你？艾米问布兰达。

对，布兰达说，我走前再打电话给他。

我送你，卡萝琳说。

又不顺路，布兰达说，没事的，我叫他来接。

我送你吧，我只好说，我顺路。

不用不用，我老公来接。布兰达坚持。

到时候再看吧，艾米说。

艾米不开车，艾米在城里上学的时候都是老公开车送到车站，火车再转地铁再走一段到学校，回家也是，老公到车站来接，那种。

有一天下大雪，艾米在车站站了好久都没有等到老公的车，打电话给老公他也不接，她只好走路回家，她还穿了双半高跟的皮靴。

艾米讲这一段的时候我的脑海里都出现了画面。大雪夜，一个赶路的女人，半旧皮靴，深一脚，浅一脚，新泽西厚雪地里的跋涉，每一次把脚踩入齐膝的雪，简直都要拔不出来了。

到了家门口以后艾米拼命地砸门，没有人开门，艾米的世界都崩塌了。

你不带钥匙的？我问。

我为什么要带钥匙？艾米反问。

你要有钥匙你不就不用砸门了？

反正艾米的老公没来开门，那几分钟里，艾米把所有的坏结果都想了一百遍，世界就崩塌了。

艾米的老公睡着了，艾米的电话，艾米的砸门，都没让他醒过来。

我老公也有过一次，卡萝琳说，那天他又加班，一回家说累得饭都吃不动了，我让他去冲个澡，饭热好了他还不出来，我进去一看，蜷在浴缸里睡着了，衣服都没脱。

我就让他在浴缸里睡了半夜，卡萝琳说。卡萝琳还是笑着说的。

这些男人都太累了，布兰达说。

布兰达的老公还在读化学，布兰达读的也是化学，那是来新泽西前，来了新泽西，布兰达成为一个家庭主妇，两个孩子的母亲。

你要上班吗？第一次见到布兰达，我问。我是这么问的。

我上过班，布兰达很有耐心地说，后来我结婚了，生了孩子，我就不上班了。

为什么？

布兰达笑了一笑，我得给孩子们做饭啊。

我也笑了一笑。

我想专心养育孩子，布兰达挺认真地说。

我把一块炒米糕放入口中，挺甜的，不放糖竟然也挺甜的。

卡萝琳只咬了一小口，就把炒米糕放下了。

我老公要去旧金山，她突然说。

旧金山挺好的啊，我说，旧金山不下雪。

那你的工作呢？艾米说。

我在想，卡萝琳说。

你可能要和他一起去，布兰达说，长期两地分居不好。

房子呢？我问。卡萝琳家刚买了个新房子，卡萝琳还挺喜欢那个房子的，厨房的窗都装上了绣花布窗帘。

房子可以卖掉，卡萝琳很快地说。

再想想，艾米说，不着急，多想想。

吃完饭，我们开始打牌，但是每个人都有点不专心。大概是因为卡萝琳真的可能要去旧金山了。

我要去香港了，我只好说。

这也太突然了吧，艾米说，你来新泽西三年有没有？

快四年了，我说。

以后都打不了牌了，布兰达说。

来香港打，我说。我想笑来着，有点笑不出来。

那你去了香港写小说不？卡萝琳说。

我宁愿刷三面墙也不愿意再写一个字，我说。

你还是回去写小说吧，卡萝琳干脆地说，你也不会干别的。

重新开始，她又说。

我叹了口气。

送布兰达回家的时候已经半夜了。漆黑的夜，门廊里一盏亮了小半夜的灯。

你老公忘关灯了，我对布兰达说。

布兰达笑了一笑，说，谢谢啊。

我看着布兰达开了大门，跟我挥了挥手，我开始掉头。突然意识到，那盏灯是她老公故意留的，为了让布兰达看得到门锁，准确地把钥匙插入锁孔。

有一天我整理抽屉，发现了一条银项链，坠子是一块银牌，挖出了三颗心的形状。我突然想起来，那是我来香港前，艾米，卡萝琳和布兰达一起送给我的。

这三颗是我们三个的心，给你带去香港，卡萝琳说。她就是这么说的。

想到这儿，我就去网上找了一下艾米。艾米离婚了。我又找了一下卡萝琳，卡萝琳卖掉了房子辞掉了工作去了旧金山，当然她在旧金山又找到了新工作买了新房子，她在脸书上贴了一张她和她老公站在金门大桥下面的照片，两个人都笑得好像太阳。布兰达，我找不到她了，但是我竟然一直记得那盏灯，她应该过得不坏吧，我就是这么想的。

盛　夏

1

你在常州吗？苏西问我。

在，我说。

一般不在，但我现在在，我又说。

那我过来找你，苏西说。

出什么事了吗？我说。

也没什么事，苏西停顿了一下，说，就是想来看看你，看看常州。

我从来没有去过常州，苏西又说。

来吧，我说，常州欢迎你。

天都快黑了，接到苏西的电话，说她到城际站了。

打个车，我在电话里说，跟司机说到南大街。

你没什么行李吧？我补了一句。

就一个包，她答。

你想吃什么？我问。

随便，她说。

那就干锅吧，我说。

她在电话那头沉默。

或者火锅，我说。

什么锅都行，她说，不吃也行。

吃还是要吃的，我说，出什么事都得吃饭是吧。

没事，她坚持。

一见到她，我觉得是出事了。

上次在北京，大冬天，一间郊区的咖啡店，我俩只有一杯咖啡的时间，我就给我们要了两杯橙汁，橙汁喝完，她就走了。她穿了一件蓝衬衫。

聊了什么？也就一杯橙汁，她聊了一下她的爱情，我聊了一下我的爱情。二十五岁和三十二岁的爱情很不一样，没有人的爱情是一样的。

都有点欲言又止。我后来想想，应该聊点别的，事业什么的，也许能聊出点合作，聊爱情，聊完都很不高兴。

牛蛙吧？我说，这家的牛蛙最好吃。

我从没吃过牛蛙，苏西说。

但我可以试一次，她又说。

试吧，我说，什么都有第一次。

出轨也是，我又说，有第一次就有第二次。

她沉默。

两杯酒以后，她说，出轨这种东西，只有第一次和无数次，没有第二次。

我们碰了个杯。

那个女的太丑了，她说。

就是，我说。

我要离婚！她喊。

离！我也喊。

吃完牛蛙，我说下一层是个衣服店，去逛逛？

去，她说。

要有别的就逛别的了。我抱歉地说，只有衣服店。

苏西拍了拍我的肩。没事的，她说。

我买了一条超短裙，苏西买了一件破洞T恤。都不像是三十三岁和二十六岁会买的那种东西，也许是因为喝了酒，或者是因为牛蛙。

天全黑了。

我家旁边只有一间小旅馆，我说，离我近的只有那儿。

我无所谓，她说，哪儿都行。

十五分钟以后，我接到她的电话。

闹鬼，她说。她就是这么说的。

我赶到那个旅馆，走过去也就七八分钟。实际上我从来没有去过那个旅馆，我没有去过任何常州的旅馆。

大堂，电梯，走廊尽头的一间房。

你听到了吗？苏西问我。

听到了，我说，是唱戏吗？

唱的什么？苏西说。

好像是昆曲，我说，肯定不是锡剧，要锡剧我能听出来。

附近有卡拉OK？她问。

绝对没有，我说，独一幢的楼，前后左右都没建筑物。

而且唱卡拉OK唱昆曲的？我又说。

她尖叫起来。

等她叫完，我说，再听听？

我们又一起凝神听了一下，声音没有了。

我就在沙发上坐了一会儿。尽头的房间以后不能要，我说。

我也是这么跟大堂说的，苏西说，但他说没有别的房间了，就这一间。

不可能啊，我说，常州的旅馆都住不满的，我都怀疑你是这个旅馆唯一的一个客人。

你上来的时候感觉到什么异常吗？苏西说。

没啊，我说，我就这么进来了，就这么上来了。

大堂没人，我说，一个人都没有。

出了电梯我还跳了两下，我说，算打过招呼了。

我进门前也敲了敲门的，苏西说，就算喝大了我这常识还是有的。

也先去洗手间放了会儿水，她又说，抽水马桶也按过了。

还放着？我说。

没啊，苏西说，也就放了一下，要不太浪费水了。

那洗手间里那声音是什么？我说。

苏西又尖叫起来。

等她叫完，我去洗手间看了一下，真实的情况是，我走过去的时候也是非常紧张的。

打开洗手间的门，什么声音都没有了。

我是幻听吧？我问苏西。

不是，苏西答，我也听到了。

不是一滴一滴的那种，我说，就是一大桶水都往下倒的那种声音。

对，苏西说，要一滴一滴的也没那么可怕了。

那就是水龙头没拧紧，我说，我有一阵子整天得出去开会，我的每一个房间的水龙头都没拧紧，到了半夜，就开始往下滴水，滴答，滴答，滴答。

每一个房间？苏西说，都是水龙头？

有时候是灯不亮，我说，那比水龙头可怕多了。

隔了十年我做梦都梦到灯不亮，我说，所以我再也不出去开会了。一定要去，我就把所有的灯都开着过夜，还有电视机，我都开着，开一夜。

睡得着吗？苏西说。

有时候睡得着，我说，有时候睡不着，等天亮。

还好现在不用开会了，苏西说。

以后都不用过那种生活了，我说。

唱戏的声音又来了。我侧耳倾听了一下，咿咿呀呀，肯定不是锡剧。

是什么？苏西问。

实在听不出来，我说，但是够凄凉的。

我看过一个小说，苏西说，就是一个女的，去到一个村庄，租住在一个老婆子的房间，总是半夜听到女人唱戏。

有印象，我说，十多年前了吧。

那个女的因为捉奸捉到老公和闺蜜，苏西说，万念俱灰，去了一个村庄。

那个村庄叫辛庄，我说。

对，苏西说，因为老是半夜听到女人唱戏，她就在房间里乱翻，翻到一个箱子。

箱子里是一件戏服，我说，红的。

俩姐妹，苏西说，那个年代，唱戏的女的，低到底了，还爱上男人。

只好去死，我说，一个先死，一个死前还唱了段戏，穿了她们最好的衣服。

穿红的死会成厉鬼吧？苏西突然说。

要怨气深穿什么色都厉，我说。

我要换酒店！苏西说。

换，我说。

我宁愿住远一点，苏西说，反正我不住这儿了。

出了房间，关上门，走廊里的灯突然全暗了。

我扶着墙，苏西扶着我，昏暗月光下，我摸到了电梯的按钮，按了下去。

唱戏的声音一直在走廊里回旋。

大堂里仍然没有人，我看了一眼苏西。

按金不要了，她说。

好，我说。

你几时要有空再来拿，她说，白天再来。

我以后都不来了，我说，白天我也不来，也许我上网查一查，这儿以前是个什么。

查了也不要告诉我，苏西说。

送苏西上了出租车，我慢慢地走回了娘家。楼下的烧烤摊还开着，没有一个客人。或者我们应该再吃点串串，我就是这么想的，夏天这么漫长。

上网查了一下，也许那个楼以前是个戏校也不一定的。

什么都不是。网上说，就是一条河，后来填上了，盖了一幢楼。网上就是这么说的。

接到苏西的电话。我住到新区了，她说，离你家也就半个小时。

那也太远了吧，我说。

对我来讲那可真不算远，苏西说。

对啊，我说，要在北京，约人吃个晚饭午饭点就得出发。

苏西在电话那边笑了一声，说，来北京吧，要不。

不去，我说，我就在娘家待几天，然后我要去哪里？我还在想，也许新加坡？也许香港？

那太热了，苏西说。

新加坡还是香港？

都热。苏西说，睡吧，我困了。

晚安，我说。

晚安，苏西说。

恐龙园！我突然想到，都住到新区了，那就去恐龙园，也没有别的地方可以去。

可以啊，苏西电话里的声音听来清晰。

你睡好了吗？我说。

睡好了，苏西说，我准备去玩了。

一个坐了很多人的大轮子，好多腿伸在外面，从我们的角度，好像一个长了很多脚的虫。

我和苏西站在一座桥上看了好一会儿那个轮子。

有人吐吧？苏西说。

肯定，我说。

会不会吐到我们身上？苏西说。

那么高，我说，落地也得三秒吧，我们有时间躲避。

也是，她说。

正说着，一个鞋子飞下来了。经过了我们，落到了桥下面的河里。

是个洞洞鞋吧？苏西说。

是，我说，上面还别了三朵花。

怎么让它上去的？苏西说。

谁知道，我说。

我要上去！苏西说。

你去，我说。

你也来，她说。

我不要来，我说。

你肯定？她说。

我肯定，我说。

我从一堆尖叫的声音中间分辨出了苏西的声音，啊！她就是这么叫的。听起来太不高兴了。

我仰起头，她正经过我的正上方，头朝下。

饭快要吃完了，苏西给自己添了一点口红。

我看着她。我都不化妆了，我说。

她笑了一声，说，我们去夜店跳舞吧。

常州有夜店吗？我说。

没有吗？

我十九岁的时候有过一个，我说，现在肯定没有了。

你十九岁的那个没有了，苏西说，找一找三十三岁的？

我跳不动了，我说。

你看我还穿了个拖鞋，我又说。

苏西看了一眼我的鞋。天，她说，还真是拖鞋。

去吃串串吧，我说，我家楼下就有一个。

不要，她说。

穿拖鞋还能干吗，我说，只能吃串串。

你回去换个鞋，她说，再化个妆。

不要，我说。

这时老宝给我打来了电话。来喝酒，他说。他就是这么说的。

我们就去喝酒了。

九十年代，这是老宝的第一句话。

我看了苏西一眼，苏西不动声色地喝了一口水。

接下来的一个小时老宝给苏西讲了一百〇八个九十年代常州故事，苏西说我的头都要炸了。我说习惯了就好。

回去的出租车上，我俩都有点沉默，实际上我的头也要炸了。

来到你的常州，是我青春期时的一个梦，苏西突然说。

我的常州已经不是我的常州了，我说。

下午的车，苏西说，我还是搭城际。

搭城际来，搭城际走，她说。

我送你，我说。

就送到出租车好了，苏西说，有点下雨。

好，我说，那再吃顿牛蛙。

好，苏西说。

我穿了一件白衬衫，配那条超短裙，上次穿超短裙还是十九岁。

苏西穿着那件破洞T恤，破到衣角都是须须边儿。

你化妆了？苏西说。

我的常州就是化过妆的，我说。

你的常州挺好的，苏西说，有点妖怪，小神经的南方。

我的常州，我重复了一遍。我也不知道我为什么要重复那一遍。

2

然后就是六年以后了。

3

你在北京吗？我打电话给苏西。

在，苏西说。

一般不在，但我现在在，她又说。

那我过来找你，我说。

出什么事了吗？她说。

也没什么事，我停顿了一下，说，就是想来看看你。

来吧。苏西说，北京欢迎你。

你为什么要住在兆龙饭店？苏西问我。

我十九岁的时候第一次到北京，我说，跟着我妈。

爬完了长城，我去见一个朋友。我俩在一个胡同里的小饭馆吃饺子，茴香馅的。

好吃吗？苏西问。

还好，我说，就是太咸。

我问我的朋友在北京还好吗？她说挺好的。就是饺子太咸。她就是这么说的。

如果能够坐在兆龙饭店的Friday喝一杯冰可乐，我的朋友说，那可太幸福了。

我不知道兆龙饭店是什么，我也不知道Friday是什么，我说，但我记住了她的那句话，坐在兆龙饭店的Friday喝冰可乐就幸福了。

唉。苏西说。

这都过了二十年了，我说，我一直想知道那是什么幸福。我就住在兆龙饭店了。

我都没去过兆龙饭店，苏西说，Friday又是什么？

我猜是一个西餐厅，我说，二十年前的西餐厅，或者酒吧。

肯定不在了，苏西说。

不在了，我说，而且兆龙饭店老得都让我哭了。

别住那儿了，苏西说。

都住下了，我说，要不明天吧，明天再换。

我就是想知道那是什么样的幸福。我补了一句。

你的朋友呢？苏西说。

什么朋友？

她幸福了吗？苏西说。

哦，我说，她发达了。

应该挺幸福的，我说，我再也没有见过她。

我后天才能到北京，苏西说，后天晚上我来找你。

出什么事了？我说，你怎么不在北京了？

见面说，苏西说。挂了电话。

到了晚上，我觉得太可怕了。电视和灯都开着还让我怕得要死，我就打了一个电话给一个朋友。

你吃饭没？他说。

吃了，我说。

再吃点，他说，我马上来找你。

门铃响的时候我正在房间里来回走，太焦虑了。

开了门，他站在门口。他还是二十年前的样子，我不知道我是不是还是二十年前的样子。

去吃饭，他说，对面就是一千零一夜。

我看着他。我说我不饿。

不饿也吃点，他说。

你怎么不吃？我一边吃一边说。

我吃过了，他说，你多吃点。

我吃不下了，我说。

好吃吗？他说。

好吃，我说。

那再吃点，他说。

实在吃不下去了，我说。

那别再吃菜了，他说，吃水果吧。

水果也吃不下了，我说。

他笑了笑。

你怎么不问问我这二十年，我说。

应该过得不错吧，他说。

我笑了笑。

第二天我住到了798，因为我也没有去过798，我想我得住一次。我从来没有住过那么可怕的旅馆。电梯里全是镜子，往上看是镜子里的我，往下看是镜子里的我，往左往右都是我，一架电梯，无数个我。我宁愿走楼梯。楼梯转角一排柜子，柜子上面一排蜡烛，白色的。入了房，床头一幅画，民国名媛，阴沉的脸。电视机放在一个中式衣柜里，还上了锁，锁都是中式的。我后来做梦都梦到798，梦里的798都没有那么可怕。

第三天苏西来了，我们一起去吃串串。

苏西你信吗？我说，我从来没有吃过炒肝。

我也没吃过，苏西说，你要吃吗？

不要，我说。

我吃过羊蝎子，我说，一次。

好吃吗？苏西说。

有点不记得了，我说，十九岁，在牛街，就那一次，后来再没有吃过。

初恋也就一次，我又说，后面的恋都不是初恋了。

我上个星期离婚了，苏西说，所以我离开北京了。

我看着苏西，我说我说什么好呢？

什么都不要说最好，苏西说。

你不用再回来的，我说。

确实，苏西说，若不是你来我不会再回这个北京。

这个北京，我重复了一遍。我也不知道我为什么要重复那一遍。

4

天还没有亮我就到了机场，那么着急地想要离开一个城市，好像还是第一次。上不了网，飞机还晚点了。我想不到跟谁再说一句再见，突然就想起了一句诗，亲爱的一年内都不要找我。

小对话：每一代人都会有自己时代的作家

周洁茹（作家）

戴瑶琴（评论家）

关于“回来”的议题，近年，周洁茹在散文和访谈里都谈得比较详细。我们开启这次交流，为了继续聊聊那些未能谈尽的话题，拢合被误读、被忽视或者应该再被强调的文本故事。文坛、故友、亲人、城市、代际、阅读，铺散开“青春”“练习生”“现实主义”“创意写作”“异形”“独生子女”“家乡”“住”等关键词，聚合成一片头脑风暴。

让我们回到周洁茹“离开”文坛的那一刻，开始。

“70后”的当年与我的离场

戴瑶琴：我读了你所有的散文、采访、创作谈，你常常会解释这样一个话题：十五年没写，你又写了。“回来”之后的作品列表，已然清晰。我现在很想知道当年是怎么“不写”的？又是为什么“不写”的？我们就立足文学创作思考原因，爱情或者婚姻的出现，则是另外的话题。

周洁茹：我其实就写了三年。到了1999年，自己知道不行了，不走也得走。2000年出了《小妖的网》，力竭，脑子里的弦彻底断了，跟被下了毒一样，什么都不清爽了。

戴瑶琴：是已经不知道该怎么写下去吗？觉得自己文思枯竭？很难再有变化？

周洁茹：1996年到1999年，二十岁到二十三岁，我写了一百多万字小说，每天睡眠时间不足四个小时，我还在坐班，我自己知道精神状况和健康都已经到了一个临界点。还写了几十万字散文随笔，那批文章不仅发在纯文学刊物，而且发在《时装》和《时尚》，我那时还在《南方周末》有了第一个专栏“新生活”。我开始意识到我写的是“洋气”的严肃文学，也就是今天的——城市文学？我还写儿童文学，可能可以解释到我后面会去写《中国娃娃》。儿童文学写作对我来说也不是一个突如其来的念头，可以这么说，我对我的每一个写作都做了准备，我也有明确的方向。章子怡说的，信念感。我还写了一批小小说，由于小小说的地位特别低下，我一般不会主动提起我写过小小说，那批小小说在《百花园》发了三年才发完。还有创作谈，对，我写创作谈，我也许什么都坚持不了，但是一直坚持写创作谈，不创作的时候我也写创作谈。还有，我要把所有的文学刊物都上一遍，我都在想我那个时候是不是要集龙珠召唤龙？二十年后我肯定了我确实是在集龙珠，复出写作后，我马上就把我做梦都想上的《当代》和《十月》上了，我还跟我妈说我的梦想终于实现了。我妈说你现在能上是因为现在的人普遍都写得不好了，我认为我妈说得对。特别要提一下1999年，这一年在《收获》发了小说《跳楼》，我想这是我这一生在《收获》的最后一个小说了，我就是这么想的。1999年出版了第一本书，小说集《我们干点什么吧》，新新人类丛书，封面是紫色的，我一开始不喜欢我的封面，觉得其他三个人的都比我的好看，后来我觉悟了，封面又不重要。1999年也是我调到常州市文联做专业作家的第一年，做了专业作家以后我一个字都没写。我现在再来看看这三年，别说是我，谁都写不下去了。2000年我就走了。

戴瑶琴：为什么做了专业作家后，具备专业写作的条件了，反而写不出来了呢？你走的时候，文坛当时是一个怎样的状况？我们是同辈人，年龄相仿，但似乎无形中就有了“你们”“我们”之分，作家还是有神秘感和吸引力的。“你们”红的时候，我们在上大学，也就是从期刊看看小说，从图书馆借书，从校门口商店租书，同宿舍经常互相传阅。20世纪80年代大学生常常聚在一起讨论文学创作的经历，我是没有的，我们会一边打毛衣一边看小说。与作家隔得相当远。也没想过，还能见到一个作家。我看期刊，比如《人民文学》《收获》，很注意看作家是什么年纪，特别留意“70后”同辈人，看看大家都写些什么。我从杂志看到过你的照片，90年代特色的艺术照。现在如果你告诉“我们”，当时“作家”情况，可以极大满足我们的好奇心。

周洁茹：文坛当时是一个怎样的状况？又土又乱呗。当然每一个个体状况不同，整体来讲一样，茫，加上穷。我刚写了个《回忆做一个练习生的时代》，像记录BlackPink那样记录了一下那段时光，你看我当红，又唱又跳，我还羡慕清纯学校生活呢。

戴瑶琴：你把自己作为文坛“练习生”？那意味着曾经特别苦难，事实上，你一路很顺啊。

周洁茹：练习生的苦，没经历过都无法想象。出道前的每一天都是不确定的。还不是训练的苦，就是那种不确定性。很摇晃的。每天都眼睁睁看着站自己旁边的人被淘汰，也许下一个就是我。就是这种感觉。

戴瑶琴：出道，如何判断就走上“道”？持续发表作品在各大文学期刊，收获各种奖项？好像至今，都是这样界定“道”的。

周洁茹：如果第一个发表就算作一个作家写作生涯的开始，在我这里是不准确的。我的第一个发表是诗歌,《雾》(1991年)，前些天诗人梁雪波发到朋友圈他最早发表的那首诗，我才发现我俩还同了个期，可是我总是不太想讲我写过诗，诗歌对我来说永远是一个触及不到的高度，一个想象，一个信念。两年以后，我才写了我的第一个短篇小说《独居生活》，又过了两年我才开始发表中篇小说。如果按练习生标准，这些都只是训练。一定要讲“出道”，我想是1996年，二十岁,《雨花》给了我第一个小说专辑,《萌芽》给了我第一个小说奖。接着是发在《上海文学》的小说《点灯说话》和发在《作家》的小说《熄灯做伴》，这两个小说对我很重要。第一个创作谈《现在的状态》，第一个评论《城市生活与茧居时代——读周洁茹的小说》(徐坤,《作家报》)，第一个转载(《长袖善舞》被《小说月报》转载)。2002年，已经住在加州的我，在我父亲订阅的《星岛日报》(湾区版)又看到了这篇小说，那个时候我已经中止写作两年，我扫了一眼报纸，随手扔掉了，我清晰地记得我当时的动作，随手，扔掉了。1998年1月，我在《人民文学》发表了小说《抒情时代》和《我们干点什么吧》，这个小说(《我们干点什么吧》)被认为是我的代表作品。后来有一天我突然意识到，二十岁就被限定了代表作品，不是自绝于写作界吗？我目前的态度是，只要我还活着，我的代表作品就有无限的可能性。刚才不是讲"集龙珠"嘛，《青春》《山花》《钟山》《花城》《江南》《天涯》《作品》《小说界》《长城》《小说家》《长江文艺》《北京文学》……我都发了一遍，《青年文学》一年两遍，我后来才知道那太少见了。那时李洱在《莽原》，我发在他那里的一个小说《你疼吗》(发表名为《花》)被认为是我的另一个代表作品。1998年这一年，有人讲我是"爆红"，运程上来讲，可能真是一个大运年。我二十二岁。

戴瑶琴："爆红"，这里有一个原因，就是你当时写的小说，恰被文坛喜欢。可是，也有一个问题，读者或许并不喜欢。爆，有运势，但新，是"红"的核心。无论是题材新，还是技术新，都会招来关注。

周洁茹：不就是当时的文坛没见过嘛，见多了也一样了，读者也一样。也有出道不红的。"爆红"的人很奇怪，往往不是最强的那个，我看BlackPink就是，非常一般，可能就是个"运"。但是既然"爆红"，也一早知道会被替代。我走的时候写了一个《闷烧》，专门讲"替代感"，我自己也很明白的。

戴瑶琴：当年的"爆红"，我想还是有范围，是一个小圈子里的。你有没有想过一个问题，"红"或者"不红"，主动权都归于文坛。事实上会产生反差，大家对"红"的理解有差异，准确地说，大多数都在小圈子的"红"。

周洁茹：那肯定，但我不就是追求这个类别嘛，我要有别的技能就上别的圈了。几个掌门就是一个文坛。现在还是这样。

戴瑶琴：我看过作家李凤群发的一张照片，里面是你们当年讨论文学的现场，特别诚恳，真的是大家都那么热爱文学，信仰般。

周洁茹：那段我写在《回忆做一个练习生的时代》里了。我是完全不关心任何别人的，那个时期。

戴瑶琴：我很有感触的是，我们这一辈人，确切说是出生于1975—1980年，确实知道当时文坛有"70后"女作家，但我们没有强烈的"群"意识，读过作品，心理上既没有亲近感，也同样没有排斥感。反而是近年，突然涌上对"70后"这代作家的感情，特别是参加任茹文姐姐办的宁波读书会。我重读你二十年前写的小说，很喜欢，与回忆产生了很多契合、与当下的心境发生了微妙呼应。

周洁茹：你说了我才知道。我写的时候也不知道写的什么。

戴瑶琴：我当年读的时候，其实也不知道写了什么。就当一个个故事看。你还愿意谈谈“美女作家”吗？因为这四个字，作家被伤害了。我们一直没有机会去重读这批“美女作家”的作品。如果用现在眼光来看，没有惊世骇俗，就是很平常的心理诉求。我想，在“90后”“00后”眼里，说不定还会觉得有些矫情。无论是作为一个普通读者，还是一个研究者，我都对“美女作家”这个词毫无兴趣。当年，我们全宿舍都读过《上海宝贝》，实际有一定猎奇心理，想看看这书到底写了什么，需要被普遍否定。说实话，当年读就没觉得有什么出格啊，用今天话来讲，学界不了解彼时“后浪”。就像我们最初也不看B站，不知道机甲丧尸男频女频，现在都追B站跨年。

周洁茹：这个事件都有很多资料了，各说各话。我也只在二十年后一篇写棉棉的文章里提及了几句，也没什么好说的。我跟棉棉一直很好的，其他人就失去联系了，本来也没什么联系。看到《欲望都市》的某演员讲她不会参演新剧，因为跟其他三个演员也没什么感情。小虎队好像也这样。其实都是个人，捆到一起若是有收益还能够配合，捆到一起一把火烧了，团灭，好像也就发生在我（们）身上。补充一句,《作家》“‘70后’女作家群展”是在1998年第7期，我的小说是《回忆做一个问题少女的时代》，要说我有什么遗憾，刊物出来前我根本就不知道是什么，我还以为就跟我之前发那些小辑一样，作品配个创作谈，或者评论，照片也是按照办身份证的标准给的。后来看到她们的照片我都傻了，我给的是一张一岁、一张十岁、一张二十岁。一岁那张后来换了。

戴瑶琴：太想把这期贴出来了。我用一个很大的词，独特性，你是如何用小说和散文两种形式，刻画“70后”的独特性？

周洁茹：我要能谈我自己的写作，我不就当评论家了嘛，不过我也想过这个问题，既然没有人评论我，我自己评论自己。我要花点时间补一补理论知识。

戴瑶琴：如何看待作品的篇幅问题？编辑或读者，可能会纠结于周洁茹写得太短了啊，你可以写长吗？你又为什么不写长呢？

周洁茹：写太短唯一的问题就是头条的问题，即使刊物想给我头条，两千三千的怎么都说不过去，除非那两三千真的非常非常好。如果无所谓头条，那就一点问题都没有。两三千也可以非常好，但写到非常非常好有一定难度，有时候就是不够舒展。刚好也看到张柠谈了一篇《今天的长篇小说应该写多长》，他认为最合适的长度，短篇三千到一万字，中篇三万到六万字。我没注意他讲长篇多少字才好，我就注意“三千字”那三个字了，然后汪惠仁说三千字对他来说可是长篇了，他还说他三千字就能把所有的事情都讲清楚了。我就跟他说，我跟你讲事情，三个字就讲清楚了。他没理我。

写作上，我自己学习自己

戴瑶琴： 写作需要学习吗？

周洁茹： 写作需要天才加勤奋。没想过还需要学习。

戴瑶琴： 在写作上，你学习吗？

周洁茹： 那肯定是不学习啊。一定要学习，我就是自己学习自己。我不写，就没有学习。我写，就有学习。

戴瑶琴： 怎么自己学习自己？发现自己的创作弱项，接下来改进？

周洁茹： 有问题，我就起个头，开始写，写着写着有时候就解决问题了，有时候没有，那就再开一篇。我从来不改。要会改我还不上天？

戴瑶琴：对于创作风格，你是保持一成不变，还是一直考虑突破？

周洁茹：写到顶了就要换。鞋也一样，坏了就换。

戴瑶琴：那是比较老派的想法，现在人是款式不喜欢了，或者喜欢上别人的，就马上换。

周洁茹：我从来不囤东西。也不囤爱情，所以我没有前男友的，全是陌生人。

戴瑶琴：写到顶换，和不穿到坏不换，这里面有矛盾。写作，到底是保持自己舒适的风格，还是主动想尝试变一个风格？

周洁茹：写到一个极致，再也写不上去了，或者确实写烦了，就换。这个意思。

戴瑶琴：自己学习自己，不会有盲区吗？

周洁茹：所以自己要很丰满啊，够自己学。

戴瑶琴：丰满怎么实现？你从来都说你不读书。你也没空行万里路。

周洁茹：我还天天说我火星来的要回火星去呢。说说这种东西。

戴瑶琴：发表小说，困难吗？是投稿就能发出来？怎么和名家们抢资源？还是资源实在太多，用不过来？

周洁茹：这个问题，二十年前答和二十年后答是完全不同的。发表小说，二十年前不困难，投就能发，我也说过我集龙珠，每个刊都发一遍。写也是，每种都写一下，表示自己花样多。有特别喜欢的写法，就写很多，写的时候觉得对自己是一种“treat”，但“treat”了几下以后就会主动去找不那么舒服的写法。这个叫上进吧。

戴瑶琴：上进，就是你愿意学习。“集龙珠”挺有趣，也有意义，这又说明你心态年轻。永远有好奇心嘛。

周洁茹：我已经不想集了。而且我现在发表小说，很困难，但还是比刚回来写的时候好一点。那时我写了一个散文,《少年宫》，不知道投哪里，我的编辑都退休了，新编辑都不认识，既然是写深圳，就投《特区文学》吧，问了几个人才问到一个编辑的QQ，加了以后，对方讲不要。“如果是小说还可以投来试一试。”那个编辑就是这么说的。后来吴君帮我把那个作品投给了《作品》。过了好久了，跟吴君一起吃饭，吃着饭，她很难过的样子，我说你干吗嘛，她说想到你回来写作这么难，太难过了。我说我本来不难过，你一难过，我也只好难过了。这样的事比较常见，比较少见的是这一件，2013年，我生日这一天发生了一件事，也可以说，这件事改变了我后来的写作。那天我去了新浪微博，正看到编辑叶开盛赞女作家盛可以，还配了个花开富贵图。我感觉古怪，其实我都不写作十几年了，也没有必要去感觉是吧，但我会上去说，盛赞盛赞，路都不认得了。叶编辑马上就发动了，你哪儿冒出来的？你谁啊？你脑子有病你语言不行你还太老了……好多人围观。我对自己比较佩服的一点就是，我就当这是一个生日礼物，收下了。过了这个生日，我三十七岁了，的确不年轻了，至于我语言行不行的问题，巫昂后来说了一句，谁说我语言不好我跟他拼命。我后来就一直遗憾，没去上海找叶编辑拼个命。我连夜写了小说《到香港去》，连夜投给了《上海文学》。接下来的情况就很清楚了。两年以后，2015年，我全面复出写作，直到2017年，我因为要去《香港文学》做编辑又停了笔。那个三年我写了三十个小说。按照我集龙珠的习惯，我把《芙蓉》《红岩》《红豆》《文学港》《野草》《西湖》《青年作家》《鸭绿江》，甚至《创作与评论》都集了一下。

戴瑶琴：少女故事、新移民故事、散文，你的创作三大篇章。

周洁茹：还有一块创作谈。我那点哲思，全放那块了。

戴瑶琴：有时候也放在小说里。其实你每个小故事，都有那么一点的。但问题是，被期待更多，似乎这就是深刻。我有时想，所谓哲思，放在小说，确定不觉得做作吗？从读者角度看，绝大多数普通读者，觉得哲思没什么意思，其实都算不上什么哲思。现在的年轻人更是对作品配套哲思不太感兴趣，还会觉得有些卖弄。我不是说哲思不对，是哲思没走进人心。

周洁茹：你这样的阅读者和研究者实在不多。

戴瑶琴：现在从小学就开始谈“创意写作”，你是中学开始写作的，还是挺自然的“创意写作”个案。那么，中学时期的语文教育，与你的写作有关系吗？有多大关系？

周洁茹：你不知道我一早就不上学了吗？我根本没什么教育。我跟路内一样，棉棉也是，我说过我们仨是街头三人组，但他俩肯定不同意。

戴瑶琴：你的写作和语文教育完全没有关系吗？你要这样讲，

估计语文老师们心理不适。现在大家都挺努力地捆绑语文和创意写作的关系。

周洁茹：都是自学。

戴瑶琴：写作是需要天赋的，但是一个个字究竟是怎么写出来的，总有来自四面八方的补给。

周洁茹：学校还会教你看《玛丽波平斯阿姨回来了》？老师都不看，我就是自己家庭的补给，家里的书。很多人家里是没有书的，只有牌桌。

戴瑶琴：我的中学有个图书馆，每个月都组织借书，学生一次只能借一本。一年我借了八部长篇小说。更多的书，我是周末和假期在新华书店看的。还有一大块是电影，我看了数不清的电影，那时候电影院一天就播放两三部，循环播放几天，再排新片。对了，还有录像厅，看港台电影，都是武侠和警匪。

周洁茹：电影也是我的营养。我那时在机关上班，午饭后的一个小时，走去对面的一个中学图书馆借书看，张贤亮就是在那个阶段学习的，《绿化树》。

戴瑶琴：我家也有书，还有莫名其妙的很多文学期刊，我妈是常年订阅电影杂志。我印象最深是白先勇的《谪仙记》《永远的尹雪艳》。当时我爸告诉我，白先勇是白崇禧的儿子，我就一直记着这个。既然看书了，你到底看了什么书？其他各种访谈，你都说不看书。你唯一讲过几次的是《芒果街上的小屋》《西游记》，唯一提到的作家是菲茨杰拉德。

周洁茹：我家也是我妈订文学刊物，所以我真是什么都看，我家甚至还有《啄木鸟》。我也从小就知道《收获》，我妈妈喜欢《收获》，后来能上《收获》，她比我开心。

戴瑶琴：你应该认真地讲一下，你到底读过哪些书，这对于关心你创作的读者来讲，还是有意义的。

周洁茹：要谈就故意了，我觉得都是基本功，什么都要读的，只能讲没读过什么。

戴瑶琴：印象深刻的，和书本身意义深刻的，完全不是一回事。

周洁茹：我只能开个没读过书单。我写过一篇《阅读课》，所有我觉得对我有特殊意义的都列举了。

戴瑶琴：我读过这篇文章，还不够全。不过，你这样解释后，以后没有人再挑剔你，你怎么不读书啊？

周洁茹：一直都有人叫我开书单，我都拒绝了。个体弱的，不抱团死得快。个体强的，不抱团，不开书单。

戴瑶琴：可惜，很少人预先就明白你的故意。还真以为你不看书呢，其实怎么可能什么都不看呢？作家要有知识汲取，也要有生活体验。对于《绿化树》，你的阅读感受是什么？我也与你同时期，看了电影《牧马人》。

周洁茹：张贤亮真好。

戴瑶琴：是放在那个时代读觉得好，还是现在依然觉得好？

周洁茹：现在也挺好的，尤其在那个时代写出来，别人反正写不出来。后来见到过一面，他也挺潇洒的，我看到他的时候就挺老的了，还是气质好好，西装和拐杖，还会唱卡拉OK。有风情。

戴瑶琴：张贤亮的小说，有那么一些自恋的，男主人公总有那么多女人爱他。你写小说会有自恋吗？很多批评“美女作家”的论调，其实也逃不掉自恋这个词。

周洁茹：他确实优秀啊，女人都爱他。那样的男人现在也没有了。“美女作家”也没有了，现在是个女的就上来“美女作家”，“美女作家”也有标准的好吧。至少我写了两百万字，我对得起“作家”这个词。“美女”的话，见仁见智吧，我知道我不美，但去菜场买菜，一堆卖菜的都叫我美女。

戴瑶琴：对你有影响的作家，肯定也还是有的，影响是潜移默化，很难摆出来一一对应。那么外国文学呢？我知道你反复读了《静静的顿河》。

周洁茹：不要说出来嘛。要说你就说我读了一百遍《战争与和平》多好。我现在来讲《静静的顿河》，也说不上来什么，很轻，很轻的那种情感，但是可以记好久。

戴瑶琴：电影呢？我们讨论过《异形》和《铁血战士》。“铁血战士”是被派来猎杀“异形”的。还有去年你反复看的《饥饿站台》《安娜》……酷烈的电影对你创作有触动吗？你为什么喜欢看呢？

周洁茹：要讲电影那要另开一篇了。只讨论“铁血战士”与“异形”，“铁血战士”就是个外星猎人，但也有人提出来不是猎人是杀手，杀手只满足杀人欲望，不是光荣的狩猎，但“铁血战士”的社会阶层是以杀掉多少个“异形”（“异形”皇后）为界定的。要不是这个对谈是要谈我的写作，我得跟你辩三万字的“异形”大战“铁血战士”。

戴瑶琴：“铁血战士”战“异形”是他的成年礼。

周洁茹：“铁血战士”有时候过度愤怒，当他开始杀死任何生命，也包括他自己的物种，而且这种愤怒会互相传染，所以“铁血战士”会互相攻击。这个我算作“铁血战士”的优点，过度愤怒也是爆发力。“异形”就是学习能力。

戴瑶琴：“异形”最强的还不是学习能力，是无极限，无法限量的潜能。

周洁茹：我主要还是要讲“铁血战士”的杀戮欲望，光荣感，对猎物的态度。

戴瑶琴：未成年男性“铁血战士”被送到地球猎杀“异形”，就是为了荣誉感。他们对敌人尊重，取决于是否英雄相惜，如果对方太弱，何来尊重。

周洁茹：要不是狩猎场正好在地球，其实都没人类什么事，不在一个级别，人家懒得理你，碰上了就顺手打一打，也可以不打，打人类不光荣。结语就是“异形”有无限学习能力，但需要宿主。“铁血战士”制造并训练进攻型生物，也就是“异形”，用于自己狩猎，也就是晋级，“异形”越强大“铁血战士”的荣誉感也越强大。我说过作家和评论家的关系就是“铁血战士”与“异形”的关系。

戴瑶琴：你的这个说法非常特别，电影里是“铁血战士”打败“异形”，按照这个逻辑，作家胜利了。文艺片呢？香港TVB电视剧看不看？

周洁茹：不看。但是经常半夜里“你肚子饿不饿，我煮碗面给你吃？”我会再煎多个蛋。

“住”在香港后，我很注重写人

戴瑶琴：2013年的《到香港去》，是一个转变，和你之前的风格大不同。细读文本，感受到创作视野和心理成熟度都提高了。接下来《佐敦》《油麻地》，其实都这一路线。这是你的另一面。我个人是最喜欢你的散文，里面有生活，有感情。感情自然，行文自在，是因为真的爱。

周洁茹：我几乎不在对谈里谈散文，都是讲小说。少女时代出版的十本书里，只有一本是散文集——《天使有了欲望》。《到香港去》后的十五本书里，五本是散文集，复出第一本就是散文集——《请把我留在这时光里》。我去讲过一次香港公共图书馆的青年创作坊(散文)，我说我对散文写作的认识有两点，一是真，二是自由。这个世界上，老人和小孩最天真。这个世界上，水瓶星座最爱自由。所以水瓶座老年人来写散文是最好的。我感觉坐在下面的青年都没get到。后面我也不再讲任何工作坊了，我的方式方法就是自己写，不解释。

戴瑶琴：近年小说，你会越来越注重现实主义，虽然语言仍然跳跃，但是故事内核是扎实的现在时生活。无论你写"女朋友"，还是写"新移民"，人和环境的关系是很清晰的。我一再和你探讨，还可以继续《201》风格，你说随便就能写一个这样的，我可以理解成你很了解生活，也积累足够多的生活素材了吗？

周洁茹：你之前讲我写作的两个阶段，一是少女时代，一是《到香港去》后，实际上我还有一个阶段，在《回忆做一个问题少女的时代》和《到香港去》之间，时间上是2008年、2009年，我从新港搬到香港，中间回常州住了一阵，去了一下北京，见到了张悦然，她那时候正在准备她的《鲤》，晚上跟她的朋友们一起去吃烤鱼，我记得周嘉宁，侧面很酷。回常州后我写了小说《四个》给《鲤》的创刊号《鲤·孤独》，后面我又写了七八个小说，《幸福》

(《山花》2008年第5期),《201》(《人民文学》2008年第8期),《你们》(《钟山》2008年第六期)和《花园》(《天涯》2009年第一期)……我应该最喜欢《幸福》,小说里的女人们反复地追问幸福是什么,总让我想起二十年前《你疼吗》里的女孩们,反复地追问,你疼吗?我后来在云南碰到李洱,他还提起《你疼吗》,李洱的记性太令人叹服了。这批小说中只有《201》,收入了一个选本,并且成为一道用时十五分钟的语文阅读理解题。为什么其他小说都没有被看到,只有《201》?就是你讲的,现实主义。也就是说,2008年,或者更早,我写《肉香》(《青年文学》1998年第7期)的时候,我已经知道这么写,这种风格,"收益"更大。我确实也积累了素材。但我为什么没有再写,还是那个问题,我觉得没有挑战了,对我来说,太随便了,也太容易了。我永远都想去写更难的,让我"写时痛苦"的作品。

戴瑶琴:如何走进香港呢?我分析过你小说的港铁交通网。故事里的香港"新移民",你是通过什么渠道去确立与观察呢?写进故事里,是悉数收纳,还是有选择性地把握特点?而你认为的这个特点又是什么?

周洁茹:如何走进香港?发现和观察?我有个三句"真言":生活在香港,对香港有感情,写作香港。首先是生活在香港,生活久了就没有走来走去的问题了,就"在"这儿了,所有的发现和观察就不再是发现和观察，全都是日常生活。我们写日记的时候也不是把一日三餐都写下来的吧？除非那一餐特别不同，特别发人深思。我写作也只从自己记忆深处里发掘，很多事情，很多资料经过也就略过了，我将它们自动过滤了。人类的身体太有限了，容量也极其有限，有时候不得不覆盖一些记忆，没有空间。

戴瑶琴：近年小说最亮点就是真切关注在香港的内地“新移民”。我不想用底层这样的字眼，本身就带有一种居高临下的俯视界定。阅读后，我发现里面是两类人，通俗点讲，一类是过得好的，一类是过得苦的。我感兴趣的是，你认为两者的特质分别是什么？我还想追问，两者的共性是什么？

周洁茹：只要是人类，就没有过得不苦的。尤其是人类中的女人，这个女性研究者可以多谈一点。我只知道要脱离痛苦，先脱离女身，再来谈脱离人身。

戴瑶琴：如果被评价为创作关注女性命运，创作关注底层女性命运，你会如何回应？

周洁茹：我从来不回应评论家。我也不和评论家做朋友，讨论起文学来伤感情。“铁血战士”大战“异形”也是直接来的，一交手知高下，不做任何理论准备。

戴瑶琴：你的创作一直很“新”。90年代就开始写网络小说，我做过资料，你是最早写网游小说的。去年发的《51区》，美国故事，但有科幻质素，我倒不是很满意最后的升华。讲讲你和网络小说的故事。

周洁茹：那肯定就是要讲到《小妖的网》，不过我都有点忘记那本书了。二十多年前了，那时候我正沉迷网络，打机(《仙剑奇侠传》)，网聊(四通利方，后来的新浪论坛？)。春风文艺出版社的一个编辑找到我，要一个长篇小说，我说我是写短篇的，中篇都没怎么写，还长篇。这个编辑就寄给我一本他们社当时卖得最红的一本书，不说是什么书了，你们都知道。编辑的意思是，别人行，你不行？我当然说我行，年轻气盛嘛，我就写了三个月，还是一个月？我不记得了，反正那些日子就是关在房间里没日没夜地写，写到二十万字，交稿了。交完稿，编辑比我还高兴，问我有什么要求？我说只要不在封面上放我的照片，别的怎么都行。编辑说作者简介里的照片总要放一张，我就给了一个漫画。那个漫画是我参加《南方周末》的会，认识的一个女孩画的，她不是专业画画的，但是我挺喜欢那个画，画的我的侧面，看起来很冷酷，就用了那个漫画。书出来后我就没怎么管了，我现在还是这样，对自己写的书还没有书的编辑热爱。我甚至没有自己全部的书，我前几天还在想这个问题，我是不是不够爱自己呢？对自己的书也不太爱，还是我对自己太失望了，一直没能写出真正伟大的作品。我的常州老乡邵栋特别关注这本书，可能是陪伴他整个中学时代的一本书，他也问过我这个问题：和其他尝了甜头一条道写到黑的小说家不同，你后来为什么再也没有尝试网络小说？我说我写的时候并没有任何意图，如果被归入网络小说什么的跟我也没有什么关系。我以前写什么，以后写什么，都不会被任何归类和评论影响。那个网游小说，1997年发表的小说,《看我，在看我，还在看我》，一个向游戏《沙丘》致敬的作品，二十多年以后才被“学界”找到，这个证据也许是将中国“同人小说”的起点推前了。可是这一切跟我也没有什么关系。说起来确实不可思议，我开始写的时候并不知道我会写出一个什么，很多时候小说的发展和结局都不是我自己能够控制的。

戴瑶琴：我读到《看我》的时候，非常震惊，立刻发动学生去找“沙丘”这款游戏。记得还一再催你确认记忆中的公主打扮，我就可以与残留的照片进行对比。还联系了少君老师，他是网络文学最早一批的创作者，请他回忆中国内地网络同人小说的起点。《看我》创作于1997年。我还是要强调这部作品，具有很大价值。以后研究你的网络小说，不能只有《小妖的网》，还要有《看我》。还会继续写科幻题材吗？

周洁茹：我尝试一切不同的写作方法，但永远不改变内核，也就是说，我永远坚持这一点：我要写什么，以及我不要写什么。

关于《51 区》，地球与逃离，《51 区》谈的就是这个问题，逃离来逃离去，只要还在地球，就永远是身体的囚徒，什么时候意识到了这一点，就会想要去找一条彻底离开的路，找不找得到？有没有人找到了？我写到第一万三千个字的时候主动放弃了，也许你可以讲，这个小说是我为数不多的主动讨论人物处境的小说，实际上任何形式的小说表达都不够容纳我们的心了。

戴瑶琴：你的作品，最强烈的情感力量是亲情，二十年就没有变过。香港时期的散文和小说里，更加深厚，也更加感伤。父母对你的影响是什么？你的写作对父母的影响是什么？

周洁茹：我父母对我的影响就是我成为一个作家。我的写作对我父母的影响就是他们希望我不要成为一个作家。他们希望我好好生活。任何一个作家的父母如果能够看到一个作家到底是怎么生活的，就不会希望子女成为一个作家。

戴瑶琴：父母的爱，对于我们独生子女来说，有点承受不住，最核心的问题是父母逐渐老去，我不知道该如何回馈他们的爱。害怕，怕他们老，怕世界上只剩下我自己。你的小说和散文里，有很独特又很有力量的主题，就是呈现孩子和父母的关系。系列散文谈到家乡美食，其实是妈妈做的一道道菜。我可以明白你对父母的感情，那你对家乡呢？作家作品论，一个常规论题是研究地域和人的关系，常州、江苏，对你的创作有没有介入？

周洁茹：我是我父母唯一的孩子，按照你的一个说法，第一代独生子女。你上次谈《来回》(《钟山》2017年第一期)的时候把《熄灯做伴》(《作家》1997年第10期)中的这一句找了出来，“我们这个时代，我们不知道兄弟和姐妹是什么，那会是怎样的一种感情，我不知道，我们从小到大都是孤身一人，我们冷漠，但那不是我们的错，我们无法亲身体味到那种姐妹般的情感，我们不知道什么才是像姐妹那样亲密无间地去爱别人，每个人都不相干，我们彼此都是皮肉隔离的个体，我们互相漠视，在必要的时候才互相需要和互相仇视，但是那样的接触也是异常短暂的”。我看到都挺惊讶的，因为我自己都忘了我还写过这么一段。我很少回望我过去的作品，就如同我早已不再意识到我是一个“独生子女”。茨威格说：“她那时还太年轻，不知道所有命运赠送的礼物，早已暗中标好了价格。”独生子女承担所有爱也承担所有责任。我和我父母的关系，有人问过我，第一次出国离家，与父母在机场分别，那是什么感受？ 我说我没哭，我也没有回头，就是在飞机上我都没哭。我母亲后来写信给我说，她和我父亲从上海回常州，一路都没有说话，回到家一看到我的房间，空了的一个房间，两个人一起哭了起来。后来我父母来美国探亲后又回中国，送他们去了机场，回来看到我父亲留在家门口的一双拖鞋，我痛哭起来。刚回来的时候也一直有人问我为什么要回来，已经在美国住了那么多年，我说原因很多，一个很主要的原因是我是独生子女，父母年老，我必须回来，至少在距离上更近一些。我父母现在住在一个养老院，生活上他们有人照顾，情感上是缺乏的，我能做到的也不过是近一点点。中国人讲的，父母在，不远游，如果去到远方，要有一个明确的方向。我被我的中国情感折磨，不安和愧疚都很深，即使是一百年的国外生活都不会改变这一点。我现在在香港，我父母在常州的养老院，我睡觉都不会将电话关机的，很多子女都是这样，我们很害怕夜晚接到父母的电话，怕父母出什么事，我们的电话永远都不会关机，我半夜醒来都会再看一下电话，如果没有任何消息，才能安心睡着，到了早上，听到父母传来一句早安，这一天才算是真正的开始。我父亲建了一个群，里面有他以前带的一些徒弟，他每天都要在群里说早安和晚安的，但也没有人应答。我在群里，我也从来不应答。有一次我回去看他，他自己跟我讲，他在群里讲早安和晚安，不用大家回应的，只是告诉大家他一切安好的意思。

戴瑶琴：我也不敢关机。我无比恐惧在半夜和清晨听到电话响。我的第一反应都会是：爸妈出事了？十年，你主要精力在照顾孩子。诚然家庭对写作会有一定消耗，那么多事情就横在那里、排在那里，没有时间去写，没有心情去写。但它也会有一些馈赠的。你从个人家庭中，获得的创作补给是什么？我们不想听怨言，谁说都是血泪史，我想知道喜悦。

周洁茹：就在刚才，我跟我女儿讲，如果没有你和你哥哥，你外公外婆，我也不知道我活着的意义是什么。她说那你就去享受生活啊，做名作家，说别人的坏话。她就是这么说的。挺喜感的是吧。

戴瑶琴：你做了三年编辑了。我知道约稿超级难。在这个过程中，是否反思过你作家时代的投稿？你对主编刊物的定位是什么？

周洁茹：约稿真的比告白还难，我第一次被拒绝失眠了一夜，我后来想想，告白被拒也没有这么残忍的。我开始编《香港文学》就先去反思了自己的作家时代，写了一篇《做个好编辑》，前些天又找出来看了一遍，"……只有到了自己做编辑，才真正意识到做编辑的不易。做过专业作家，再来做专职编辑，这种体会，真是珍贵……"那个时候我还去问了我二十年前的编辑程永新，你看我做编辑行不行啊？他说你行的，你一定行的。我说我过了三年再来找你啊。前些天我找他去了，我说我做了三年的编辑啦，三年前我还问过你我行不行的。他说你肯定行的呀，写小说的人是有艺术感觉的人，办刊物没感觉就到沟里去了。

戴瑶琴：作家和文学创作爱好者之间是有很大区别的。对于爱好者的创作，你有什么经验分享呢？或者简单点，你是否可以提供一些你对文学及文学创作的个人看法？

周洁茹：文学爱好者的创作多珍贵啊，那就不功利，不世俗，不抱大腿，纯粹就是为了爱好而写，也可以不写，写了也可以不发。我还有什么好说的。给予最大的祝福。坚持写，保持写，保持纯洁。

戴瑶琴：坚持写，保持写，保持纯洁。

图书在版编目（CIP）数据

美丽阁 / 周洁茹著. — 北京 : 北京十月文艺出版社，2022.1
ISBN 978-7-5302-2160-0

Ⅰ. ①美… Ⅱ. ①周… Ⅲ. ①短篇小说—小说集—中国—当代 Ⅳ. ① I247.7

中国版本图书馆 CIP 数据核字（2021）第 105363 号

美丽阁
MEILI GE
周洁茹 著

出　版　北京出版集团
　　　　北京十月文艺出版社
地　址　北京北三环中路 6 号
邮　编　100120
网　址　www.bph.com.cn
发　行　新经典发行有限公司
　　　　电话（010）68423599
经　销　新华书店
印　刷　河北鹏润印刷有限公司
版　次　2022 年 1 月第 1 版
　　　　2022 年 1 月第 1 次印刷
开　本　787 毫米 ×1092 毫米 1/32
印　张　9.25
字　数　182 千字
书　号　ISBN 978-7-5302-2160-0
定　价　49.80 元
质量监督电话　010-58572393
如有印装质量问题，由本社负责调换。